KB089921

감옥 설계사

감옥 설계사

초판 1쇄 발행일 2022년 05월 20일
초판 2쇄 발행일 2022년 09월 13일

지은이 박화영
펴낸이 양옥매
디자인 표지혜
교   정 조준경

펴낸곳 도서출판 책과나무
출판등록 제2012-000376
주소 서울특별시 마포구 방울내로 79 이노빌딩 302호
대표전화 02.372.1537   팩스 02.372.1538
이메일 booknamu2007@naver.com
홈페이지 www.booknamu.com
ISBN 979-11-6752-159-0 (03810)

* 저작권법에 의해 보호를 받는 저작물이므로 저자와 출판사의 동의 없이
  내용의 일부를 인용하거나 발췌하는 것을 금합니다.
* 파손된 책은 구입처에서 교환해 드립니다.

이 도서는 2020년도 아르코문학창작기금 지원 사업에 선정되어 발간된 작품입니다.

감옥 설계사

박화영

책과나무

목차

감옥 설계사

뒤집힌 소파 너머로 자칭 감옥 설계사라는 남자의 목소리
가 들려왔다. 하지만 구급대원은 자신에게 말을 건네는 남자를
볼 수 없었다. 비단 남자뿐만이 아니라 집 내부를 들여다보는
것은 불가능했다. 그럼에도 절묘하게 균형을 유지하며 눈앞을
가로막고 있는 쓰레기 더미들로 인해 집 안이 어떤 상황일지는
짐작이 되고도 남았다.

　　구급대원은 미간을 찌푸리며 손으로 코를 틀어쥐었다. 골
치가 아픈 이유가 집 안은 물론 마당까지 가득 채운 쓰레기에
서 나는 악취 때문인지 아니면 고집불통에다가 밖으로 나올 생
각을 하지 않는 집주인 때문인지 알 수 없었다. 마스크라도 쓰

면 좀 나았겠지만 쓰레기 더미 너머에서 나올 생각을 하지 않고 있는 집주인을 달래서 나오게 해야 했으니 그것조차 여의치 않았다.

주위에서 구경꾼들의 잡담과 이들을 접근하지 못하도록 막는 경찰의 외침이 들려왔다. 그중에서 한 아주머니가 구경꾼들을 선동하듯이 큰 목소리로 주위 사람들에게 수다를 떨었다.

"이럴 줄 알았다니까. 저 귀신 나올 것 같은 집 꼴 좀 봐요."

구급대원은 두통이 점점 심해지는 걸 느끼며 모습을 보이지 않은 채 농성 중인 남자에게 계속 말을 걸었다. 남자는 쓰레기로 산과 골짜기와 절벽을 만들어 놓고 세상과 틈을 벌린 채 숨어 지내는 사람치고는 꽤나 점잖고 예의 바른 편이었다. 구급대원은 남자의 신사적인 태도에 다소 놀랐다. 남자는 세상에서 가장 점잖은 은둔형 외톨이라 불러도 좋을 정도였다. 구급대원은 이런 대치 상태에서 만나지만 않았다면 자신이 소파 너머의 남자에게 상당한 호감을 느꼈을 거라고 생각했다.

어떻게든 남자를 집 밖으로 끌어내려는 구급대원의 권유와 설득과 은근한 협박에도 남자는 시종일관 똑같은 대답이었다.

"나를 체포할 게 아니면 그만 가요. 설사 체포한다 해도 보시다시피 난 이미 감옥에 갇혀 있소."

구급대원은 안타깝다는 어조를 다분히 살려서 말했다.

"그게 아니라 아저씨를 도와드리고 싶어서 그러는 겁니다."

남자는 낮은 목소리로 웃고 나서 비꼬듯이 말했다.

"거짓말하지 말아요."

구급대원은 잠시 할 말을 잃었다. 순간 자신이 정말로 이 남자를 구조하고 싶은지 알 수 없었기 때문이다. 그저 신고가 들어왔고 자신의 일이기에 남자에게 손을 내밀고 있는지도 몰랐다. 남자는 그럴 줄 알았다는 듯이 말했다.

"날 이곳에서 석방시켜 줄 수 없다면 그만 돌아가시오."

쓰레기 더미로 바리케이드를 친 채 안에서 농성 중인 꽤나 점잖고 예의 바른 남자는 용의주도하기도 했다. 2층으로 지어진 단독주택 여기저기에는 현관문이나 창문 등 내부로 진입할 수 있는 곳이 많았지만 그런 곳마다 철저히 쓰레기로 막혀 있었다.

남자가 쌓아 놓은 쓰레기 더미는 일종의 부비트랩에 가까웠다. 무게가 제법 나가는 냉장고나 텔레비전, 장롱 같은 무거운 것들을 아래에 놓고 상대적으로 가볍지만 충분히 위협이 될 만한 것들, 이를테면 깨진 거울이라든가 아령이나 칼 따위를 맨 위에 얹어 놓아 쉽사리 진입하기가 어려웠다. 대문에서 현관까지 진출하는 데만도 꼬박 반나절이라는 시간을 허비해야만 했다. 그만큼 남자가 만들어 놓은 쓰레기 장벽은 철옹성이었다.

구급대원은 현관을 틀어막고 있는 뒤집힌 소파 앞에 서서 사다리를 통해 2층 창문으로 집 안 사정을 확인하는 동료를 보았다. 동료는 기다란 관 끝에 달린 초소형 카메라를 쓰레기 틈새로 비집어 넣으려고 애쓰는 중이었다. 하지만 의자며 세워 놓은 침대와 온갖 잡동사니로 창문이 꽉 막혀 있어 쉽지 않은 모양이었다. 사다리에 서 있던 동료는 몇 번이나 고개를 절레절레 저으며 초소형 카메라를 들이밀었다가 다시 빼내기를 반복했다. 역시 쓰레기 더미를 쌓은 사람이 스스로 나오도록 설득하는 게 가장 나을 듯싶었다.

문제는 정말 중요한 부비트랩과 처리해야 할 쓰레기가 눈에 보이는 집 안팎이 아니라 남자의 마음속에 있다는 점이었다. 그만큼 남자를 끌어낼 방법을 찾기란 쉽지 않았다. 그나마 남자와의 대화가 끊기지 않고 계속 이어진다는 점은 희망적이었다. 그 결과 구급대원은 계속 현관 앞에 붙어 있어야 했지만.

"아직 거기 있소?"

"네, 있습니다. 이제 그만 나오시죠."

뒤집힌 소파 너머에서 남자의 기침 소리가 연이어 났다. 예상대로 남자의 건강은 그리 좋아 보이지 않았다. 2층 창가에 사다리를 놓고 올라가 있던 동료는 결국 포기한 채 내려왔다. 현관 앞에 서 있던 구급대원은 주위를 둘러보았다. 여럿이서 달라붙어 겨우 만든 좁은 오솔길을 닮은 진입로와 양옆에 여전히 무시무시하게 쌓여 있는 쓰레기 산, 담장 너머와 열린 대문 주변에서 웅성거리고 있는 사람들 모습, 조금은 나른한 표정으로 그들의 접근을 저지하는 경찰들이 보였다.

쓰레기 더미 너머에서 남자가 다시 말을 걸어왔다.

"날 구해 주러 온 게 맞아요?"

"네, 맞습니다. 그러니 이제 그만 나오세요."

"그렇다면 이곳에서 날 탈옥시켜 주시오."

"그냥 나오시면 되잖아요. 아니면 저희가 들어갈 수 있게 도와주시든가요."

구급대원의 대답에 남자는 가볍게 웃었다. 다시 남자의 기침 소리가 연이어 들렸다.

"쉽게 나가거나 들어올 수 있으면 어디 그게 감옥인가. 그럼 그냥 거기서 내 이야기를 들어 줘요. 당신이 사면 위원장이 되는 거지. 내 이야기를 다 듣고 나서 나를 사면해도 된다고 생각되면 그때 비로소 이 감옥에서 석방되는 거지."

구급대원은 이야기를 들을 필요도 없이 지금 당장 사면해 주겠다고 말하고 싶었지만 꾹 참았다. 참을성이 많았던 이 구급대원은 현명하기도 해서 지금 섣불리 남자를 사면한다고 말했다가는 이 골치 아픈 인사가 스스로 나올 일이 영영 없으리라는 것을 깨달았다. 어쩔 수 없이 구급대원은 현관문 앞에 양반다리를 하고 주저앉았다. 몇몇 동료 대원들이 그를 이상하다는 듯이 쳐다보았지만 이내 쓰레기를 들어내거나 집 안을 살피는 일에 몰두했다.

구급대원은 담장 밖에서 대기 중인 구급대장에게 휴대전화로 메시지를 보내 심리상담사가 언제쯤 도착하는지를 물었다. 하다못해 법원의 강제 집행 명령서만이라도 어서 도착하기를 바랐다. 하지만 대장에게서 온 답장은 구급대원을 낙담시키기에 충분했다. 차가 막히는 탓에 심리상담사가 도착하려면 앞으로 최소 한 시간은 더 걸릴 것 같다는 대답이 날아왔기 때문이다.

"그나저나 시간 괜찮소? 내가 하려는 이야기는 다소 긴데."

"네, 괜찮습니다."

어차피 구급대원은 최소 한 시간이라는 시간을 때워야 했다. 이때까지만 해도 구급대원은 자신의 청취가 그리 오래 걸리지는 않으리라 여겼다. 그리고 정말 많은 기다림이 그러하듯이 그의 그러한 판단은 곧 착각임이 밝혀졌다. 쓰레기 더미 너머에서 남자가 목을 가다듬는 소리가 들렸다. 이윽고 남자는 탁하고 다소 떨리지만 장중한 느낌을 주는 음성으로 말했다.

"나는 전직 감옥 설계사였소."

뒤집힌 소파와 각종 쓰레기들로 세운 장벽 너머에서는 계속 시끄러운 소리가 들려왔다. 마당에 쌓아 놓은 쓰레기들을 치우는 게 분명했다. 저들은 알지 못하겠지만 그 쓰레기 탑 하나하나는 철근을 엮고 시멘트를 들이붓듯이 남자가 긴 시간을 들이고 땀방울을 쏟아부어 쌓아 올린 정성 어린 작품들이었다.

하지만 남자는 더 이상 마당에서 벌어지는 일에는 신경 쓰지 않기로 했다. 대신 눈살을 찌푸리게 하면서도 감탄을 자아내게 만드는 자신의 쓰레기 장벽을 올려다보았다. 쌓여 있는 쓰레기들은 곧 무너져 내릴 듯이 위태로워 보였다. 하지만 남자는 저 쓰레기들이 결코 쉽사리 무너지지 않으리라는 것을 잘 알았다. 그는 면밀하고도 철저한 계산을 세운 뒤 무게 균형을 가늠해 가며 하나하나 천천히 쓰레기를 쌓아 올렸다.

남자는 자신이 세운 쓰레기 장벽과 쓰레기 탑이 사람을 불러 모으리라는 사실 역시 잘 알았다. 그러기에 쓰레기를 모은 것이기도 했다. 다만 예상했던 것보다 좀 더 일찍 저들이 찾아왔다는 사실이 마음에 걸렸다. 요 며칠 자신이 보았던 불길한 그림자와 연관이 있는지도 몰랐다.

그때 다시 쓰레기 더미 너머에서 구급대원의 목소리가 들려왔다.

"이야기 좀 하시죠."

좋다, 이야기를 좀 하자면 해야지, 라고 남자는 생각했다. 굳이 저쪽에서 대화를 요구하는데 거절할 필요는 없으니까. 다만 대화를 요구한 이상 이쪽에서 일방적으로 대화를 끊는다 해도 저쪽에서는 토를 달아서는 안 되었다. 그래야만 한다. 그것이 대화의 전제 조건이라고 남자는 생각했다. 게다가 남자는 할 말이 아주 많았다. 자신이 쌓아 올린 쓰레기만큼이나 많아서 입안에서 냄새가 날 지경이었다. 그러므로 남자는 기쁘게 대화에 응하려 했다. 다만 남자가 침묵하며 시간을 끈 것은 어디서부터 이야기를 해야 할지 가늠할 수가 없어서였다.

남자는 전 세계 모든 감옥 설계사들의 협회지 이야기부터 시작하면 될지도 모른다고 생각했다. 매달 마지막 주 금요일 밤이면 말없이 우편물에 섞여 들어왔던 협회지를 남자의 아버지는 빼놓지 않고 꼼꼼히 읽었다. 남자는 자주 아버지 옆에서 그 협회지를 같이 보곤 했다. 그때 읽은 협회지를 남자는 아직도 간직하고 있었다. 마음만 먹으면 당장에라도 쓰레기 더미에서 협회지를 찾아 꺼내 읽을 수도 있었다.

남자는 자신이 쌓아 올린 쓰레기 더미들 속에서 어디에 무엇이 있는지 훤히 꿰고 있었다. 어디로 어떻게 움직여야만 이 무시무시한 쓰레기 더미에서 빠져나갈 수 있는지도 잘 알았다. '감옥 설계사라면 으레 자신의 감옥에 탈출 루트 하나쯤은 마련해 둬야 한다.' 아직은 낭만이 살아 있던 시대에 누군가 협회지에다 기고한 글이었다.

현관 밖에 와 있는 구급대원은 사실 남자의 유일한 탈출 루트를 막고 있었다. 하지만 상관없었다. 아직 남자는 자신의 쓰레기 감옥에서 탈출할 마음이 없었으므로 좀 더 구급대원과 이야기를 나누어도 괜찮았다. 사실 남자는 오랫동안 쓰레기들 속에 갇힌 채 누군가를 만나지 않았으므로 대화가 무척이나 절실했다. 대화는 자유와 바꿀 만큼의 가치가 있었다.

"미노타우로스를 미궁에 가둔 다이달로스는 역사에 기록된 최초의 감옥 설계사 가운데 한 사람이지. 그가 만든 미궁은 아주 깊고도 복잡하고 섬세했을 거야. 무시무시한 괴물을 숨겨둘 수 있을 만큼, 괴물이 도망쳐 나올 생각을 꺾고 얌전히 갇혀 있을 만큼, 용사가 실타래의 도움 없이는 괴물을 찾아 나서지 못했을 만큼 말이지. 세상의 모든 추함과 아름다움이 그런 곳에 숨어 있기 마련이지."

구급대원은 고개를 들어 하늘을 쳐다보았다. 해는 어느덧 최고점을 지나고 있었다. 시계를 보니 점심시간이 거의 끝나갈 무렵이었고 햇빛에 힘들게 붙인 깃털의 밀랍이 녹아 떨어지기에 충분한 시간이었다. 구급대원은 시장기를 느꼈다. 동료가 먹으라며 빵과 우유를 놓고 갔지만 곳곳에 널려 있는 쓰레기들의 불결한 모습과 냄새에 먹을 엄두가 나지 않았다. 밖에서 점심식사를 마친 동료들은 삼삼오오 모여 서로 담배를 피우거나 잡담을 나누며 휴식을 취하는 중이었다. 드디어 도착한 심리상담사도 그들 사이에 껴 있었다.

남자는 교통 체증을 뚫고 겨우 도착한 심리상담사를 완곡하게 거부했다. 그러면서 구급대원에게 "계속 자네와 이야기하고 싶군."이라고 말했다. 그 말인즉슨, 쓰레기 더미 너머의 남자뿐만 아니라 현관 앞의 구급대원도 말로 지은 감옥에 갇힌 셈이라는 뜻이었다. 구급대원은 자신도 모르게 수감자가 되어 남자가 정해 준 형기를 마쳐야 할 처지였다. 구급대원들 사이에서 하릴없이 멀거니 서 있는 심리상담사 역시 불쌍하기는 마찬가지였다. 구급대장이 심리상담사에게 가서 뭔가를 의논하는 게 보였다.

"물론 그 외에도 감옥 설계사들이 설계한 훌륭한 감옥들은 많이 있어. 카사노바가 갇혔던 납감옥도 유명하지. 감옥 내부가 모두 납으로 뒤덮여 있어서 낮에는 살갗이 데일 정도로 뜨거워지고 밤에는 얼어붙을 정도로 차가워지는 감옥이야. 여인의 반응에 따라 천국과 지옥을 오가던 호색가에게 어울리던 곳이었지. 다만 아쉽게도 이 감옥을 설계한 사람은 지나치게 낭만적이었어. 거의 완벽했던 납감옥 천장에 탈출구를 마련해 둔 거야. 물론 아무도 모르게 납으로 잘 덮어 두긴 했지만 한번 보는 것만으로 여자의 속옷 사이즈까지 판단할 수 있는 호색가의 날카로운 눈초리는 피해 가지 못했지."

구급대원은 쓰레기 더미 너머의 남자가 첫인상과는 달리 무척이나 수다스럽다고 생각했다.

"그 결과 카사노바는 희대의 탈옥에 성공한 거야. 지금 자네, 내가 무척이나 수다스럽다고 생각할 테지?"

"아닙니다. 이야기가 재미있어요. 계속하십시오."

수다스러운 남자는 심지어 눈치도 빨랐다. 구급대원은 이야기를 계속하라고 했지만 곧장 후회했다. 이런 허황된 이야기를 듣고만 있어서는 끝이 나질 않았다. 오늘 중으로 남자를 쓰레기 더미 밖으로 끌어내야 하고 집 안 수색을 끝마쳐야 했다. 법원의 영장은 언제 올지 알 수 없었다. 불행히도 동료들은 슬슬 지쳐 가는 중이었다. 그나마 다행히도 구경꾼들 역시 지치기는 마찬가지였다.

"이제 슬슬 피곤하지 않나? 그런데 자네, 계속 현관 앞을 지키고 앉아 있을 겐가. 왜 나를 탈옥시켜 주지 못해서 안달이냔 말일세."

"오히려 제가 묻고 싶습니다. 지금 있는 곳이 감옥이라면 왜 나올 생각을 안 하세요? 구해 드린다니까요. 나오셔서 건강 검진도 받으시고 집도 깨끗하게 청소하고 다시 일상으로 돌아가셔야죠. 무슨 일 때문에 그러시는지는 모르겠습니다만 쓰레기만 애지중지 끌어안고서 구석에 틀어박히는 건 절대 바람직한 일이 아닙니다."

쓰레기 더미 너머에서 비웃음 소리가 들렸다. 남자가 이내 냉소적인 어투로 구급대원을 쏘아보듯이 말했다.

"난 아직 바람직하다는 게 뭔지 잘 모르겠군. 한 가지만은 확실히 알지. 이른바 바람직한 사회를 만들기 위해서는 감옥이 필요하다는 거야. 여보게, 감옥이 필요 없는 사회란 없어. 사회가 있으면 감옥이 있지. 게다가 감옥에 갇혀 있는 사람을 보면 그 사회를 가늠할 수 있어. 죄수는 사회를 판가름하는 일종의 지표생물이거든. 깨끗한 사회라면 감옥 안에는 더러운 자들이 우글거리겠지만 더러운 사회라면 깨끗한 사람들로 감옥 안이 미어터지겠지. 여기서 또 하나 중요한 사실이 도출되는데 어떤 한 사회가 깨끗하든, 더럽든 일정 상태를 유지하기 위해서는 사회와 이질적인 존재들을 감옥에 가둬 분리해야 한다는 점이야. 감옥과 화장실은 도시를 유지하기 위한 필수 공간이지."

"그럼 당신은 깨끗한 사람입니까, 더러운 사람입니까?"

"글쎄, 어떤 사람일까? 다만 감옥 설계사로서 텅 빈 감옥을 견디기 힘들어한다는 건 잘 알아. 그건 화가가 텅 빈 자신의 전시회장을 보는 것과 같거든. 애초부터 감옥이 없었다면 모를까, 한번 감옥이 지어졌다면 절대 그 안이 비어서는 안 되네. 만약 천국에 감옥이 있다면 반드시 최소한 한 명은 그 안에 갇혀 있을 걸세. 그게 감옥을 설계하고 관리하는 이들의 바람이지."

"그렇다면 쓰레기 더미 너머에서 아저씨를 대신할 사람이 없다면 나오시지 않겠군요?"

"그런가. 맞아, 어쩌면 나 대신 누군가 여기에 갇힌다면 나는 나갈 수 있을지도 모르지."

쓰레기 더미 너머에서 기분 나쁜 웃음소리가 들렸다. 구급대원은 몸이 뻣뻣해지고 소름이 돋는 것을 느꼈다. 저 보이지 않는 남자를 대신해서 자신이 갇혀 있는 모습이 떠올랐다. 그런 마음을 읽기라도 한 듯 남자가 웃음을 멈추고는 진지한 목소리로 말했다.

"걱정 말게. 이 감옥은 나만을 위한 거니까."

감옥의 필요성에 대해 장황하게 늘어놓긴 했지만 쓰레기 더미 너머의 남자는 정말 세상에 감옥이 필요한 것인지 언제나 의문이었다. '세상 자체가 이미 감옥이란다.' 남자는 집 안 깊숙한 곳에서 들려오는 아버지의 음산한 음성에 귀를 기울였다. '이름은 곧 너의 죄수 번호인 셈이지.'

남자의 아버지는 무척이나 가정적이었고 다정다감했다. 오히려 다소 권위적이고 무뚝뚝했던 쪽은 어머니였다. 중학교 교사였던 남자의 어머니는 감옥 담장을 연상시킬 정도로 시종일관 단단하고 변함없는 태도를 유지했다. 남자는 왜 아버지가 모든 면에서 정반대인 어머니를 택해서 결혼했는지 의아했다. 사춘기 무렵이 되어서야 남자는 그 이유를 알 수 있었다. 어머니는 감옥 설계사였던 아버지의 이상향이 모두 반영된 사람이었다.

그 사실을 깨닫는 순간, 남자는 지금껏 자신을 통제해 온 생활에서 빨리 탈출해야겠다고 마음먹었다. 남자는 그때까지 권위적이고 냉정한 어머니 대신 다정하고 친절한 아버지 덕분에 갑갑한 가정환경을 견딜 수 있었다. 하지만 비로소 남자는 자신이 착각하고 있었음을, 아버지 역시 착한 얼굴을 짓고 있는 간수에 불과하다는 사실을 깨달았다. 철저한 준비와 계산하에 어느 날 밤 이루어졌던 남자의 가출은 얼마 안 가 불시에 친구 집으로 들이닥친 아버지에게 붙잡히는 것으로 끝이 났다.

그때 남자의 아버지가 아직 어린 그를 달래며 한 말의 요지가 바로 이것이었다. '이 세상은 이미 감옥이고 그 안에서는 온갖 것들이 자란다.' 그중에서 가장 무시무시하게 자란 괴물은 다름 아닌 독재자였다. 감옥 설계사들에게도 독재자는 위험한 존재였다. 세상의 모든 독재자들에겐 감옥이 필요했고, 그만큼 감옥 설계사들을 가까이했다. 하지만 독재자의 기분에 따라 언제든 제일 먼저 감옥에 처박히는 사람들도 바로 감옥 설계사들이었다.

"그동안 내가 설계한 감옥 중에서 '달력 감옥'은 가장 휴머니즘적인 작품이라고 할 수 있지. 아이디어 자체는 아주 간단했어. 죄수들이 수감되어 있는 감옥 벽면에 수감자들의 죄수번호와 남은 형기를 표시해 주는 전광판 달력을 단 거야. 예를 들어 10년 형기를 부여받고 들어온 수감자가 하루를 복역했다고 쳐. 그러면 아침에 일어나서 3650일에서 3649일로 바뀌어 있는 숫자를 보는 거지. 그 옆에는 최종 출소일도 표시해 주었어. 수감자들은 아침에 눈을 뜰 때마다 자신의 남은 형기를 보고 희망을 가지게 되는 거야. 수감자에게 변함없이 하루하루가 흐른다는 사실보다 더 큰 희망이 어디 있겠나? 하지만 아쉽게도 달력 감옥에도 사소한 몇 가지 문제가 있었어. 무기수나 사형수의 경우 남은 날짜를 어떻게 표시할 것인가 하는 문제도 그중 하나였지."

"아주 인상적인 감옥이었을 것 같습니다."

구급대원은 무기수나 사형수가 달력 감옥을 어떻게 생각했을지 묻고 싶었지만 아무 말도 하지 않기로 했다. 남자는 그 외에도 자신이 설계한 감옥을 신이 나서 떠들었다. 사방이 거울로 되어 있는 거울 감옥, 도심 한복판에 세운 최첨단 감옥 빌딩, 바다 위를 떠다니며 국제적으로 악명 높은 죄수들만 태웠다는 감옥선 등을 이야기했다.

"감옥선 엔진실에는 항상 폭발물이 장착되어 있었어. 혹시라도 죄수들에게 배를 빼앗기면 원격으로 조정해서 폭탄을 터트릴 수 있었지. 원래 목적은 배가 운행하지 못하도록 하는 거였지만 당국에서는 폭발력을 조금만 더 높이면 어떻겠느냐고 하더군. 탈취당한 감옥선을 다시 찾느라 고생하느니 그냥 배를 침몰시키는 게 편했던 거지."

"그래서 어떻게 하셨습니까?"

"어떻게 했을 것 같나? 문제는 그런 제안을 받은 게 처음이 아니었단 거야. 감옥 설계사들에게는 이런저런 압박이 자주 들어오기 마련이야. 감옥을 더욱더 무시무시하게 지어 달라거나 아니면 감옥을 좀 더 따뜻한 보금자리로 만들라거나 하는 식으로 말이지. 어느 쪽이 됐든 감옥 설계사들에게 폭력적이긴 마찬가지이지만."

남자는 아버지가 만났던 독재자를 떠올렸다. 전직 독재자가 가끔 한밤중에 동물원을 구경한다는 사실을 아는 이는 그리 많지 않았다. 독재자는 몇몇 그의 심복들만 데리고 폐장된 동물원을 조용히 어슬렁거렸다. '그럴 때면 우리 안에서 잠자고 있던 동물들이 깨어나서 불안한 듯 날갯짓하거나 몸을 뒤척인단다. 일어나서 배회하다가 번뜩이는 안광으로 우리를 쏘아보기도 해. 그런데 말이다, 거기엔 힘이 없는 거야. 다만 우리에서 동물의 털 냄새가 더 진하게 난단다. 마치 아직은 살아 있다고 우리에게 알려 주듯이.' 아버지는 눈을 빛내며 침대에 누운 남자를 향해 한밤의 비밀스러운 산책 이야기를 조용조용 들려주곤 했다.

독재자는 동물원 밤 나들이에 나설 때마다 언제나 라이플총을 어깨에 멘 채로 흡족한 표정을 지었다. 헤밍웨이를 흉내라도 내듯이 쿠바산 시가까지 입에 문 독재자는 어슬렁거리며 걷다가 마음에 드는 동물을 발견하면 우리 앞에 서서 동물의 설명이 적힌 팻말을 유심히 읽었다. 슈퍼마켓에서 물건을 사기 전에 성분 분석표를 꼼꼼히 읽는 것과 비슷한 모습이었다. 마침내 팻말에 적힌 내용까지 흡족하게 마음에 들면 독재자는 어깨에 멘 라이플총을 내린 다음 우리에 갇힌 동물을 신중히 겨냥했다. 그때마다 남자의 아버지는 덩달아 긴장하곤 했다.

총소리가 나고 동물이 쓰러지면 독재자는 이내 흥미를 잃었다는 듯이 무심히 발걸음을 돌렸다. 죽은 동물의 시체를 우리에서 끄집어내는 것은 언제나 수행원들의 몫이었다. 독재자가 가젤이나 영양 같은 초식동물을 사냥하면 그나마 다행이었지만 늑대나 사자, 호랑이 같은 맹수를 사냥하기라도 하면 수행원들이 우리에서 맹수를 한쪽 구석으로 모느라 한바탕 난리가 벌어졌다.

그러다가 결국 수행원이 사자에게 물리는 사건이 터졌다. 다행히 다른 수행원들이 마취총을 쏴 대며 사자를 잠재우고 다친 수행원을 우리 밖으로 끌어냈다. 누군가 피를 흘리는 수행원을 들쳐 업고는 어둠 속으로 사라졌다. 그날 이후 피를 흘리던 수행원이나 부상당한 수행원을 데려간 사람을 다시는 볼 수 없었다. 그 순간에도 독재자는 유유히 라이플총을 어깨에 멘 채 앞장서서 걸어갈 따름이었다.

"발밑을 유심히 보고, 머리 위를 항상 조심해야 돼. 발밑에는 밟지 말아야 할 것들이 있고, 머리 위에는 올려다보지 말아야 할 것들이 있거든. 예를 들면, 지하 감옥과 독재자의 훈계가 적혀 있는 급훈이 그렇지."

남자는 말하고 나서 무척이나 냉담한 시절이었노라고 회상했다. 도시의 상공에는 항상 방공기구가 떠다녔다. 고층 건물 여기저기에 숨겨져 있던 대공포 진지에서는 가끔씩 훈련을 빙자해 점호라도 하듯 허공에다 포탄을 쏘았다. 한밤중이 되면 독재자의 수행비서가 불길한 전화를 여러 사람에게 걸어 댔다.

"이해가 잘 안 되는데요."

구급대원은 고개를 절레절레 저었다. 분명 이해가 안 되는 것들이 넘쳐나는 시절이기는 했다. 남자는 멍하니 앞을 바라보았다. 여전히 온갖 잡다한 쓰레기들이 출구를 막고 있었다. 그럼에도 빛은 쓰레기의 틈 사이로 비쳐 들었다. '이해가 잘 가지 않는다.' 이 말은 밤 열 시가 되면 전화를 걸어오던 독재자의 수행비서에게 남자가 해 주고 싶던 말이기도 했다.

훗날 수행비서가 메이저리거 4번 타자처럼 시원하게 야구 방망이를 풀스윙해서 독재자의 뒤통수를 터트려 죽인 뒤에도 남자는 사람들을 붙잡고 이해가 잘 가지 않는다고 묻고 싶었다. 독재자는 수행비서를 끔찍이도 아꼈기 때문이다. 수행비서는 생중계되던 재판에서 독재자의 뒤통수가 순간 야구공으로 보였을 뿐이라고 말했다. 역사라는 이름의 구장에서 9회 말 홈런 타자가 된 수행비서는 이듬해 봄, 도시에서 멸종되었다고 알려졌던 벚나무가 다시 발견되던 날에 사형당했다.

구급대원이 넌지시 들여다보듯 물어 왔다.

"아직 거기 계십니까?"

"아직 있네. 어디까지 말했지? 그래, 발밑을 조심하라는 이야기였지. 발밑에는 억울한 죄수가 있을지도 모르고, 머리 위로는 그럴싸하지만 무시무시한 말이 나부낄 때도 있는 법이지. 발밑에서 벌어지는 일은 유심히 보지 않는 한 모르고, 머리 위에서 일어나는 일 역시 주의하지 않으면 속기 쉬워. 어느 쪽이 됐든 사람들이 결국 죄수처럼 살긴 마찬가지야. 독재자가 가장 공을 들이는 일이 뭔 줄 아나? 바로 감옥과 구호를 만드는 일이야."

"대체 독재자는 왜 한밤중에 동물원을 돌아다닌 겁니까? 그러니까, 당신이 말하는 그 감옥과 구호를 만들지는 않고요?"

"동물원을 돌아다니며 새로운 감옥과 구호를 구상하고 있었던 거야."

남자는 눈앞에 있는 녹슬고 부서진 세발자전거를 조심스럽게 매만지며 말했다. 세발자전거는 오리 모양의 튜브와 브라운관이 깨진 구식 텔레비전 사이에 끼어 있었다.

"그 사람은 피라네시가 되고 싶었거든."

피라네시를 꿈꾸던 독재자는 다행히도 죽었다. 남자는 그간 참 많은 사람이 죽었구나 생각했다.

"피라네시?"

"조반니 바티스타 피라네시. 상상의 감옥을 설계한 사람이야. 우리 감옥 설계사들 사이에서 제러미 벤담만큼이나 유명한 인물이지. 그 사람이 남긴 멋진 에칭 작품들을 본 적 있나?"

"없습니다."

"본 적이 없다니 다행이군. 피라네시는 피리로 뱀을 조종하는 사나이야. 그가 만든 상상의 감옥은 정말이지 깊숙한 곳에서 수백 년 동안 똬리를 틀고 있던 어둠을 불러내 펼쳐 놓은 것이거든. 가만히 보고 있으면 감옥 냄새가 나. 제러미 벤담이 '차가운 감옥'의 선구자라면 피라네시는 '뜨거운 감옥'의 대표 주자라 할 수 있지. 혹시 미술 좋아하나? 미술사와 역사는 놀라우리만치 닮은 구석이 있어. 아버지의 말씀이셨지. 그때 우리 부자가 꿈꾸던 기상천외하고 끔찍한 감옥들이란! 정말이지 하나하나가 모두 예술 작품이었어."

남자는 아버지와 어머니를 떠올렸다. 그의 부모도 피라네시의 작품들을 좋아했다. 남자가 침묵하자 쓰레기 더미 너머에서 구급대원의 목소리가 조심스럽게 들려왔다.

"선생님, 괜찮으신가요?"

'선생님, 우리 아이 괜찮나요?' 남자의 어머니 역시 비슷한 말을 자주 들었다. 그때마다 남자의 어머니는 학부모에게 고개를 끄덕여 주며 말했다. '아이는 잘 자라고 있습니다. 괜찮아요.' 독재자의 훈계 말씀이 급훈으로 교실에 걸려 있는데도 남자의 어머니는 그렇게 상대를 안심시켰다.

사실 남자의 어머니는 조금 무책임한 편이었다. 어머니가 독재자를 어떻게 생각했을지 남자는 지금도 알지 못했다. 다만 부모가 점점 수형자의 모습을 닮아 갔다는 사실만은 또렷이 기억했다. 무기력하고 공허가 느껴지고 그럼에도 그 안에 살짝살짝 분노의 여린 싹이 보였다. 남자의 어머니가 아버지와 함께 독재자의 밤 나들이에 따라 나서기 시작하면서 생긴 변화였다.

그러던 어느 날, 남자의 기억에는 이 도시에서 마지막으로 남은 벚나무가 말라 죽어 공식적으로 멸종 처리되었던 날에 아버지 혼자서 조용히 집으로 돌아왔다. 돌아온 아버지는 불도 켜지 않은 채 양손으로 머리를 쥐어뜯으며 거실 소파에 앉아 있었다. 잠이 깬 남자는 반갑게 아버지의 이름을 불렀다. 하지만 다음 순간 고개를 든 아버지의 얼굴을 보고는 깜짝 놀라 얼른 자기 방문을 닫아 버렸다. 겨우 방문을 잠그고 등을 돌리자마자 남자는 딸꾹질하기 시작했다. 다행히 남자의 아버지는 그저 고요히 거실 소파에 앉아 있기만 했다.

아버지와 함께 독재자의 기묘한 밤 나들이에 나섰던 어머니가 돌아온 것은 그날 아침이 다 되어서였다. 현관문이 열리는 소리와 함께 어머니의 피곤한 목소리가 들렸지만 남자는 밖으로 나가 보지 못했다. 아버지의 목소리도 들리지 않았다. 집 안은 쥐 죽은 듯이 고요했다. 남자는 새벽녘에 보았던 아버지의 표정을 떠올리고 다시 몸서리쳤다. 경악과 두려움과 분노와 피로가 뒤섞인 아버지의 표정은 덫에 걸려 말라비틀어진 채 죽어 있는 쥐를 연상시켰다.

무뚝뚝하고 뻣뻣해 보이기만 하던 어머니의 무엇이 전직 독재자의 마음에 들었는지 남자는 알 수 없었다. 그날 밤 이후 어머니와 함께 밤 나들이에 나선 아버지가 먼저 집으로 돌아오는 일이 잦아졌다. 그러다가 언제부터인가 어머니만이 독재자의 동물원 밤 나들이에 나가기 시작했다. 어머니는 외출을 하기 전에 꼭 남자의 방에 들러 다소 어색해하며 이마에 입을 맞추었다. 그러고 나서 물었다. '아들, 숙제는 다 했어?'

"그런 일을 겪었는데도 왜 굳이 감옥 설계사가 된 겁니까?"

남자의 말에 쓰레기 더미 너머의 남자는 잠시 생각에 잠긴 듯 아무 말도 하지 않았다. 그러다가 조금 바보스러운 말투로 되물었다.

"감옥 설계사라니? 아, 그래, 맞아. 내가 감옥 설계사였지."

"어디까지가 사실인 겁니까?"

구급대원은 몸에서 기운이 쫙 빠져나가는 것을 느꼈다. 쓰레기 더미 너머에서 킥킥거리는 웃음소리가 들렸다.

"이곳은 언제나 어둡고 냄새가 나. 유령들이 나오기에 딱 좋은 환경이지. 그러다 보니 나도 가끔 헷갈릴 때가 있다네. 맞아, 난 감옥 설계사야. 결혼도 하지 않고 평생 감옥을 설계하는 일에만 전념해 왔네. 내가 만든 감옥에 갇힌 사람들만 해도 어마어마한 숫자일 거야."

"속죄라도 하고 싶으신 겁니까?"

"속죄라니? 전혀 아니야. 나는 속죄할 자격도 없거든. 그저 이곳에 스스로 갇혀서 최후의 걸작을 준비했을 뿐이야. 하지만 지금 내가 갇혀 있는 감옥보다 더 나은 지옥을 만들 자신이 없어. 사람은 신이 될 수 없거든."

남자는 고개를 절레절레 저었다. 쓰레기 더미를 앞에 두고 구급대원은 생각에 잠겨 아무 말도 하지 않았다. 남자는 인간이 만든 감옥과 신이 만든 감옥이 어쩌면 이렇게 차이가 날까 생각했고, 구급대원은 과거에 남자가 만들었다는 감옥과 쓰레기를 쌓아 만든 지금 감옥 중에 어디가 더 나을까를 상상했다.

그때 집 안, 저 깊은 구석에서 남자의 아버지가 아들을 불렀다. '아들아, 지금까지 내 경험으로 봤을 땐 말이다.' 남자는 더 이상 아버지의 말 따위는 듣고 싶지 않았다. '인간이 만

든 감옥은 대개 비인간적이고, 신이 만든 감옥은 대체로 인간
적이란다. 다만 어느 감옥이든 그 안에서 온갖 것들이 생겨나
기는 마찬가지지.' 저 쓰레기들 사이에서도 과연 무언가가 생
겨날 수 있을까. 남자가 모은 쓰레기는 동네의 쥐와 고양이를
불러 모았고, 마침내는 한밤중에 불길한 그림자마저 불러들였
다. 그러는 동안 뭔가가 생겨났을지도 모른다. 어쩌면 이 쓰레
기 더미에서 태어난 그 무언가가 바로 자신일지도 모른다고 남
자는 생각했다.

남자는 유년기와 청소년기 대부분을 보낸 집 안 여기저기
를 바라보았다. 성인이 되고 나서 탈출하듯이 집에서 독립했건
만 결국 남자가 다시 돌아온 자리는 바로 이곳이었다. 예전에 부
엌이라 불렀던 자리에 어머니의 긴 그림자가 잠시 움직이다가
이내 사라졌다. 서재에서는 가끔 아버지의 그림자가 보였다.

"부모님은 그 후 어떻게 되셨습니까?"

"어떻게 되다니, 무슨 말인가? 독재자가 죽은 이후에도
크게 달라진 건 없었어. 일상이란 원래 그런 법이잖아. 물론
행복했다고는 절대 말할 수 없지. 두 분은 무기수 같은 얼굴로
하루하루를 견디셨어. 2년 전에 아버지가 먼저 석방되셨지. 1
년 뒤에는 어머니도 마저 석방되셨어."

구급대원은 남자가 말한 '석방'이 무슨 뜻인지 금세 알아차
렸다. 다만 이 세상이 하나의 커다란 감옥이란 말에는 여전히

동의할 수 없었다. 남자가 웃으며 말했다.

"기독교식으로 따지자면 우리 모두 원죄가 있는 죄수들이야. 죄수들이 한데 모여 사는 이 세상이 감옥이 아니라면 어디가 감옥이란 말인가. 다만 신이 만든 감옥은 천국이라 할 만해. 그에 비해 인간이 만든 감옥은 지옥 수준이지. 어쩌면 그래서 우리 부모님과 내가 벌을 받는지도 모르겠군."

"그저 맡은 일에 충실하셨을 뿐입니다."

말은 그렇게 했지만 구급대원은 스스로도 설득력이 떨어진다고 생각했다. 남자 역시 같은 생각이었다. 그 정도의 식상한 말만 믿고 탈출하기엔 신이 설계한 감옥은 무척이나 복잡하고 섬세했다.

남자는 무언가에 이끌리듯이 부엌 쪽을 바라보았다. 다시 나타난 어머니의 긴 그림자가 바닥이며 벽에 어른거렸다. 어머니의 그림자는 천천히 때로는 바쁘게 움직였다. 부엌에 불이 들어오고 음식 냄새가 나기 시작했다. 서재 쪽에서도 움직임이 느껴졌다. 어머니의 그림자보다 더 짙은 아버지의 그림자가 어슬렁거렸고 서재에 놓여 있던 스탠드에 불이 들어왔다. 집 안에 온기가 도는 게 느껴졌다. 남자는 크리스마스트리에 하나씩 불이 들어오듯이 여기저기에서 일어나는 변화를 묵묵히 바라보았다. 그 모습은 아직 남자가 어렸을 적 익숙했던 풍경과 비슷했다.

"감옥 설계사로 살아온 내게 남은 바람이라면 말일세."

"네, 말씀하세요."

구급대원은 고개를 들어 하늘을 올려다보았다. 그동안 해가 많이 기울어져 있었다. 아마도 오후 4시쯤일 거라고 구급대원은 생각했다.

"정교하고 완벽한 감옥을 설계한 신을 만나는 걸세."

"아마 언젠가는 그렇게 될 겁니다."

"그렇게 말해 주니 고맙군."

남자는 점점 더 환해져 오는 집 안을 바라보았다. 부엌과 서재에서 움직이던 두 그림자는 이제 남자가 웅크리고 있던 거실 근처까지 와서 배회하는 중이었다. 남자는 비틀거리며 일어서서는 환한 빛으로 가득 찬 집 안을 향해 걸어갔다. 그때 또렷이 어머니의 음성이 다시 울렸다. '아들, 숙제는 다 했어?' 아버지의 목소리도 들렸다. '말 잘 듣는 착한 아이가 돼야 한다. 안 그러면 무서운 아저씨가 너를 잡아다가 감옥에 데려갈 거야.'

아버지는 매해 벚꽃이 떨어지고 나면 매끄럽고 곧은 벚나무 가지를 골라 회초리를 만들곤 했다. 정성스럽게 니스 칠까지 한 회초리는 거실에서 가장 잘 보이는 곳에 놓았다. 실제로 아버지가 회초리를 드는 일은 거의 없었지만 그것만으로도 남자에겐 충분한 경고가 되었다.

어디에선가 떨어진 벚꽃 잎이 남자의 눈앞으로 날아들었

다. 쇠 냄새도 풍겨 왔다. 이야깃거리가 모두 떨어진 남자는 더 이상 수감되어 있을 수 없었다. 감방 문이 저 멀리 활짝 열려 있는 게 보였다. 남자는 어느새 자신의 손에 들려 있는 등불을 들고 환한 불빛이 가득한 집 안 깊숙한 곳을 향해 천천히 걸어갔다. 마지막 순간, 남자는 반쯤 빛에 둘러싸인 자신에게 행복한지 되물었다. 쉽게 대답할 수 없었다. 행복한지는 모르겠지만 안온하다고 느꼈다. 남자는 자신의 선택이 올바르지 않다고 생각했다. 그럼에도 남자는 환한 불빛 안에 들어서서 어둠 밖으로 완전히 나갔다. 남자의 손에 들려 있던 등불도 사라졌다. 등불을 사라지게 하는 건 어둠이 아니라 빛이라는 사실을 남자는 비로소 깨달았다.

집 안에서 무언가가 무너져 내리고 깨지는 소리가 요란하게 들려오자 현장의 구급대원들은 갑작스레 바빠졌다. 더 이상 현관문 앞에서 노닥거릴 시간이 없었다. 모두들 현관문이나 창문에 쌓인 쓰레기를 거칠게 끄집어내고 안으로 들어서려 애썼다.

하품을 하며 건성으로 서 있던 경찰관들도 긴장하고는 적극적으로 구경꾼들이 다가서지 못하도록 막았다. 남자와 오래 이야기를 나눈 구급대원은 멍한 모습으로 현관에 있다가 바삐 쓰레기들을 치우는 동료들을 피해 비척비척 비켜섰다. 모두들 재빨리 움직였지만 그들을 막아선 쓰레기 장벽은 호락호락하지 않았다. 밤늦게까지 쓰레기를 치우는 작업이 계속됐다.

다음 날 점심 무렵에서야 쓰레기들이 거의 다 치워지고 집 안 수색에 들어갔다. 남자는 집 안 어디에서도 발견되지 않았다. 혹시나 해서 밖으로 끌어낸 쓰레기 더미도 샅샅이 뒤져 보았지만 남자의 흔적을 찾을 수 없었다. 모두들 그전에 청소차에 실어 내갔던 쓰레기들 안에 남자의 시신도 같이 섞여 들어 갔을지 모른다고 추측했다. 아니면 사람들이 모르는 비밀 통로를 통해 몰래 빠져나갔을 수도 있었다.

오직 남자와 오랫동안 대화를 나누었던 구급대원만이 다르게 생각했다. 구급대원은 비로소 석방된 남자가 모든 면에서 완벽한 감옥 설계사 앞에 섰을 때 무슨 말을 제일 먼저 할지 자 못 궁금했다.

한없이 길고 환한

복도의 끝

벽지는 어제보다 5밀리미터 정도 더 내려가 있었다. 남자는 의자를 밟고 올라서서 벽지가 내려간 만큼 드러난 벽에 자를 대 보았다. 2센티미터쯤 맨벽이 노출되어 있었다. 처음에는 벽지의 일부가 떨어져 나간 것이라고 생각했다. 자를 댄 듯 똑바르게 벽지가 떨어져 나간 게 신기했지만 그러려니 하고 넘어갔다. 이 집 말고는 달리 갈 데도 없었기에 문제를 제기해서는 안 될 듯싶었다. 괜히 집주인에게 이야기했다가는 골치 아픈 일이 벌어지거나 최악의 경우 방을 빼라고 할 수도 있었다.

정확히 말하자면 얼굴도 본 적 없는 집주인이 문제가 아니라, 그를 대신해서 이 빌라를 관리하고 있다는 아래층 노파가 시비를 걸 수도 있었다. 거동이 불편한 할아버지, 여러모로 남자와 동년배로 보이는 사내, 노파 이렇게 이뤄진 세 식구는 언제나 그를 불편하게 했다. 할아버지는 힘든 몸을 이끌고도 하루에도 여러 번 옥상으로 올라와 담배를 피웠다. 그때마다 옥탑방인 남자의 집 안으로 담배 냄새가 스며들었다. 그렇다고 실내에서 흡연하라고 할 수도 없고, 할아버지 외에 다른 사람들도 종종 옥상에서 담배를 피웠기에 따지기는 힘들었다.

문제는 담배를 다 피우고 나서 메마른 몸 어디에서 그런 힘이 나오는지 신기하리만치 큰 소리로 찰진 가래침까지 뱉고 난 뒤, 돌아서서 내려가기 전에 꼭 남자의 옥탑방 창문을 들여다본다는 점이었다. 남자는 옥탑방을 엿보는 노인과 처음으로 마주친 날을 지금도 잊지 못한다. 남자와 시선을 마주친 노인은 놀라거나 미안해하는 구석도 없이 오히려 당황한 남자보다 더 침착하게 시선을 떼지 않고 말없이 지켜만 보았다. 놀란 남자가 정신을 차리고 나서 큰 소리로 항의하고 나서야 노인은 천천히 고개를 돌려 창가에서 멀어졌다.

남자는 밖으로 나가 뒷짐을 진 채 내려가는 노인에게 무슨 짓이냐며 큰 소리로 따졌다. 하지만 노인은 아무것도 들리지 않는다는 듯이 계단을 밟고 내려가 버렸다. 그 뒤로도 옥탑방을 들여다보는 노인에게 몇 번이나 주의를 주고 심지어 부탁도 해 보았지만 소용없었다. 결국 참지 못한 남자는 아래층으로 내려가 노파를 불러 노인의 행동을 자제시켜 달라고 말했다. 노파는 남자의 항의를 심드렁하게 듣다가 불쑥 말을 자르고는 물었다.

"그래서 총각이 뭐 불편한 거라도 있어?"

어이가 없어 잠시 말문이 막힌 남자를 향해 노파는 귀찮다는 듯이 내뱉었다.

"같은 남자끼리 볼 게 뭐 있다고. 아니 그리고 실제로 보면 좀 어때? 못 볼 것도 없구먼. 유난 좀 그만 떨어."

노파는 남자가 뭐라고 대꾸하기도 전에 돌아서서는 소리 나게 문을 닫고는 들어가 버렸다. 남자는 문이 닫히는 순간 물끄러미 자신을 바라보고 있던 노인과 눈이 마주쳤다. 얼핏 보기에는 무표정해 보였지만 분명 남자를 조롱하는 눈이었다. 남자는 입술을 잘근잘근 씹으며 옥탑방으로 돌아왔다. 그날 밤남자는 한밤중에 일부러 옥상에서 국민체조를 열 번쯤 하고 줄넘기까지 한 다음 잠자리에 들었다.

다음 날 경찰이 남자의 옥탑방 문을 두드렸다. 경찰은 사무적인 어조로 소음 신고가 들어왔으니 조심해 달라는 말을 남겼다. 남자는 따지듯이 아랫집 노인이 자신의 방을 엿본다고 말했다. 그러자 경찰은 믿기지 않는다는 눈초리로 남자를 곰곰이 살피더니 정말이냐고 물었다.

"정말입니다."

남자의 대답에 경찰은 시큰둥하게 말했다.

"아니, 여자 집도 아니고 할아버지가 왜 굳이 남자 집을 들여다보겠어요? 이해가 안 되네. 또 그런 일이 있거든 사진을 찍든 동영상을 찍든 한 다음에 신고하세요."

그날 밤, 분에 차서 홀로 소주를 마시고 있던 남자에게 집주인이 전화를 걸어왔다. 이사하고 나서 처음 듣는 집주인 목소리였다. 이 방을 계약할 때 한 번 통화한 게 전부였다. 집주인은 차분한 어조로 남자의 이름을 물어 본인임을 확인하자 통보하듯이 아랫집과 문제를 일으키지 말라고 했다. 그러고는 만약 계속 분란이 일어날 경우 자신으로서는 남자를 내쫓을 수밖에 없노라고 담담히 덧붙였다.

벽지는 어제보다 5밀리미터 정도 올라가 있었다. 바닥에서 2센티미터에 해당하는 부근까지 벽지를 바르지 않은 맨벽이 드러나 보였다. 벽지 밑에 가려져 있던 검은색 곰팡이는 여자의 방이 반지하라는 사실을 여실히 보여 주었다. 여자는 대체 왜 벽지의 밑부분이 사라진 것인지 궁금했다. 곰팡이나 습기로 인해 자연적으로 떨어져 나갈 수도 있었지만 그러기에는 자로 잰 듯이 일직선으로 잘려 나간 게 이상했다. 여자는 좀 더 생각해 보다가 아마도 벽지 특성상 그러하리라 단정하고는 서둘러 출근 준비를 하고 밖으로 나갔다.

여자가 아르바이트하는 대여점은 빌라에서 그리 멀지 않았다. 출퇴근 시간이 십 분 내외라는 사실은 분명 장점이었다. 일도 수월한 편이었고 책과 영화를 좋아하는 여자로서는 적성에도 잘 맞았다. 다만 수입이 적고 언제 해고될지 모른다는 게 문제였다. 대여점 주인이 음흉한 눈초리로 힐끔힐끔 살피는 것도 골치 아팠지만 그런 일은 어디를 가나 마찬가지였기에 여자로서는 어느 정도 포기한 상태였다.

가장 큰 걸림돌은 대여점 역시 여자의 집처럼 반지하에 있다는 점이었다. 여자는 출퇴근 십 분 동안을 제외하고는 거의 하루 종일 반지하에 있어야 했다. 그러다 보니 몸 여기저기가 아팠다. 피부도 푸석푸석해지는 듯했다. 덕분에 요즘 들어 대여점 주인이 곁눈질하는 횟수가 줄어들었다는 게 그나마 위안이었다.

여자가 출근하자 대여점 주인은 기다렸다는 듯이 능글거리게 웃으며 말했다.

"하루 종일 볕이 안 드는 곳에 갇혀 있어서 그런지 피곤해 보이네. 피부도 좀 거칠어진 것 같아. 하루 날 잡아서 우리 밝은 데로 데이트나 갔다 올까?"

"괜찮아요. 피부에는 자외선이 더 안 좋대요."

여자는 싱긋 웃고 나서는 주인이 뭐라고 덧붙이기 전에 얼른 카운터에 쌓인 책을 한 아름 들고 책장 쪽으로 향했다. 반납기에 들어 있던 책을 수거해 온 것이었다. 예전에는 두 번은 나누어서 가져다 놓아야 할 만큼 책이 수북이 들어 있었지만 요즘은 길가의 우체통만큼이나 비어 있기 일쑤였다. 여자는 다른 일거리를 찾아봐야겠다고 마음속으로 다짐했다. 그러다 문득, 편지를 쓰거나 받아 본 적이 언제였는지 떠올려 보았다. 여자는 어렸을 적부터 글씨를 잘 쓴다는 평을 많이 받아왔다. 자신의 외모보다 글씨가 예쁘다는 칭찬이 여자는 더 기뻤다. 하지만 여자에게는 더 이상 편지를 보낼 사람도, 편지를 받을 사람도 남아 있지 않았다. 반지하방은 볕만 잘 안 드는 게 아니라, 찾아오는 사람도 줄어드는 신기한 공간이었다.

그때 대여점 문이 열리고 이십 대 후반쯤으로 보이는 남자가 들어섰다. 이곳의 단골손님인 남자는 심지어 여자와 같은 빌라에서 살았다. 여자가 보기에 다행히도 남자는 아직까지 그 사실을 알지 못한 듯했다. 처음 남자가 대여점으로 와서 회원 카드를 만들 때 여자는 주소를 확인하고는 조심해야겠다고 마음먹었다. 물론 같은 빌라에 산다고 해서 특별히 문제될 것은 없었지만 그래도 괜히 불편해지기는 싫었다.

다행히 지금까지는 남자와 제대로 마주친 적이 없었다. 그러한 행운은 남자와 여자 사이에 옥탑방과 반지하방이라는 물리적 차이 덕분인지도 몰랐다. 한 건물 내에 있었건만 두 공간은 생각보다 꽤 멀리 떨어져 있었다. 사실 여자의 0.5층과

1.5층 사이에도 상상할 수 없을 만큼 큰 거리가 있으니 어쩌면 당연한 것인지도 몰랐다. 두 층 사이는 고작 열 계단 정도 떨어져 있었지만 여자로서는 십 년은 지나야 도달할 수 있는 거리처럼 여겨졌다.

　대여점으로 들어선 남자는 곁눈질로 카운터를 살폈다. 오늘은 여자 대신 주인이 자리를 지켜 다행이라고 여기기가 무섭게 등을 돌린 채 책장에 책을 꽂고 있는 여자가 보였다. 남자는 가능하면 같은 빌라에 사는 여자를 피하고 싶었지만 오늘도 허탕이었다. 여자가 눈치채기 전에 책만 반납하고 나가면 그만이었지만 빈손으로 다시 그 긴 계단을 올라 옥탑방으로 돌아갈 생각을 하니 차라리 모르는 척하고 빌리는 편이 나을 듯했다.

　아직까지 여자가 남자를 보고 알은척을 하지 않는 것으로 보아 자신도 모른 척하면 무심히 넘어갈 듯싶었다. 처음 이곳에 와서 회원 카드를 작성할 때부터 남자는 여자가 같은 빌라에 살고 있다는 사실을 알고 있었다. 물론 일부러 여자를 만나기 위해 이 대여점을 찾은 것은 아니었다. 우연히 발길이 닿은 이곳에 여자가 카운터를 지키고 있었을 뿐이다.

　사실 여자는 남자를 본 적이 없었지만 남자는 자주 여자를 볼 수 있었다. 옥탑방에 살다 보면 생각지도 않은 것들이 보이기 마련이었다. 아침 8시 반이면 계단을 올라 출근해서 밤 아홉 시 무렵에 귀가하는 여자도 그중 하나였다. 그 외에 남자에게 익숙한 풍경이라면 건너편 옥탑방에 사는 어느 모로 보나 남자 또래로 보이는 사내가 밤마다 평상에 누워 누군가와 전화 통화를 하는 모습이었다.

그때마다 남자는 사내와 눈이 마주치지 않도록 얼른 자리를 피하곤 했다. 그럼에도 가끔씩 서로를 알아볼 때가 있었다. 사내는 눈이 마주치면 모로 누워 남자에게 등을 보였다. 왜 굳이 자신의 집으로 들어가지 않고 그런 자세로 통화를 계속하는지는 알 수 없었지만 남자는 어쨌든 사내가 편하게 통화할 수 있도록 뒤돌아서곤 했다.

남자도 평상 위의 사내처럼 누군가에게 전화를 걸고 싶을 때가 있었다. 하지만 전화를 받아 줄 만한 사람이 남아 있지 않았다. 남자가 자신의 거처를 옥탑방으로 정해 지상에서 이곳까지 짐을 옮기는 동안 그에게 매여 있던 인간관계는 열기구가 떠오르기 위해 모래주머니를 하나하나 잘라 버리듯 떨어져 나갔다. 결국에는 남자에게 매여 있던 것 중 가장 무거웠던 부모, 형제와도 연락이 끊겼다. 더 이상 지상에 묶일 만한 게 없어진 남자는 붕 뜬 상태나 마찬가지였다.

그대로 두었다면 남자는 어느 빌딩 옥상에서 떨어져 내림으로써 자신의 마지막 모래주머니인 육신을 버리고 완전히 하늘 끝까지 떠올랐을지도 몰랐다. 하지만 다행인지, 불행인지 남자의 마지막 모래주머니는 지금도 여전히 굳게 매달려 있었다. 게다가 남자에게는 아직도 빌려 보아야 할 대여점의 만화와 소설이 많이 남아 있었다.

카운터에서 반납을 마친 남자는 의심스럽다는 듯이 힐끔 쳐다보는 주인의 시선을 외면하고는 자신이 보던 만화와 소설의 다음 권을 찾아 책장으로 향했다. 남자가 찾는 책들은 하필이면 여자가 정리 중인 책장 바로 옆에 꽂혀 있었다. 쭈그리고 앉아 책을 정리하던 여자는 이미 자신의 이웃이 왔다는 사실을 잘 알고 있었기에 고개도 돌리지 않고 책 꽂는 일에만 열중했다.

하지만 눈치 없는 주인이, 아니 어쩌면 눈치가 너무 빨라 교활한 것인지도 모르는 이 위인이 여자를 불렀다. 여자는 책을 마저 다 꽂은 다음 남은 책을 들고서 허리를 펴고 일어섰다. 그러다 보니 남자와 나란히 옆에 선 모양새가 되었다. 결국 두 사람은 눈을 마주쳤고 서로 말없이 가볍게 목례를 하고는 여자는 카운터로, 남자는 옆 책장으로 몸을 움직였다.

두 사람이 엇갈려 지나치는 동안 여자는 남자의 체구가 자신이 안아 주기에 적당하다는 사실을 단박에 알아차렸다. 여자가 남자를 안으면 두 사람 사이에 빈틈이 거의 생기지 않을 정도로 딱 맞을 게 분명했다. 그러한 조심스럽고 은밀한 진실은 세심한 여자만이 알아차릴 수 있는 영역이었다. 그러기에 아무것도 눈치채지 못한 남자는 그저 여자의 키가 제법 큰 편이라고만 생각했다.

벽지는 오늘도 5밀리미터쯤 내려가 있었다. 맨벽은 이제 4센티미터쯤 드러나 보였다. 신기하게도 옥탑방 자체는 그대로이지만 벽지로 둘러싸인 남자의 공간만은 조금씩 높이가 낮아지며 가라앉는 중이었다. 남자는 주인을 대신하는 아랫집 노파를 부르기로 마음먹었다. 어쨌든 건물에 일종의 문제가 생긴 셈이니 건물주나 관리인에게 조치를 취해 달라고 할 참이었다.

하지만 노파를 부르러 짧은 계단을 내려가는 동안에도 남자는 여러 번 발걸음을 돌려 다시 집으로 돌아가고 싶은 충동을 꾹 눌러 참았다. 남자는 노파의 집 앞에서 이대로 돌아설지 아니면 문을 두드릴지를 놓고 마지막으로 갈등했다. 남자의 갈등은 생각보다 오래가지 않았다. 주저하는 사이 현관문이 벌컥 열리더니 노파가 모습을 드러냈다.

"왜 남의 집 앞에서 서성거리는 거요?"

노파의 말에 남자는 그렇게 말하는 댁의 노인은 왜 그러느냐고 말하려다가 겨우 참았다. 그러고는 딱딱한 목소리로 말했다.

"저희 집에 조금 문제가 있는데요."

"낡은 빌라에 문제가 없으면 그게 오히려 더 이상하지. 근데 왜 나한테?"

"아니, 항상 집주인을 대신하시는 것 같아서…….."

남자는 말끝을 흐렸다. 자신의 옥탑방이 가라앉는 것 같다는 말을 해 봤자 믿지 않을 게 분명했다. 설명하고 납득시키기보다는 직접 현장을 보여 주는 편이 나았다. 하지만 남자의 예상대로 노파는 방문 요청을 딱 잘라 거절했다.

"난 집주인이 아니요. 집주인한테 말해요."

노파는 그 말을 끝으로 소리 나게 현관문을 닫았다. 문이 닫히는 순간, 마침 방에서 나온 노인이 눈을 빛내며 남자를 물끄러미 쳐다보았다.

여자는 집주인이 어떤 사람인지를 떠올려 보려 애썼다. 하지만 기억나는 게 별로 없었다. 부동산을 끼고 계약하는 동안 집주인은 한 번도 얼굴을 내비치지 않았고, 집 문제로 몇 차례 통화했을 때도 3층에 사는 노파를 내려보내거나 여의치 않으면 부동산 중개인을 보내 조치를 취했다. 서로 얼굴을 맞대는 것보다는 그 편이 편했으므로 여자는 원래대로라면 개의치 않고 집주인에게 연락을 취했을 터였다.

하지만 어제 저녁 보이기 시작한 헛것이 오늘 아침까지 계속 사라지지 않자, 더 이상 집주인을 부를 생각이 나지 않았다. 여자가 보기에는 이 일은 집주인도 어찌할 수 없었다. 그나마 빨리 이사를 가는 게 유일한 대책이었다. 다만 계약 기간이 아직 남은 여자의 이사 요청을 받아들일지는 솔직히 의문이었다. 그러다 보니 여자는 집주인이 어떤 인물이었는지를 따져 보지 않을 수 없었다.

그동안 반지하방에서 수조는 가장 밝고 아늑한 공간이었다. 여자는 아르바이트비의 삼분의 일 가까이를 부어 가며 수조를 세심하고도 아름답게 돌보았다. 기포기는 물론이고 수초며 자갈, 곱게 깐 모래까지 모두 최상의 것들이었다. 수온계와 히터기로 물의 온도는 항상 적정하게 유지되었고 자주 수조를 청소해 언제나 깔끔했다. 반지하의 눅눅함과 어둠은 전혀 존재하지 않는 따스한 공간 속에서 유유히 헤엄치는 열대어들을 볼 때마다 여자는 온몸이 따뜻해지는 것을 느꼈다.

그제까지만 해도 소중했던 이 공간이 어젯밤부터는 여자에게 놀라운, 어떤 면에서는 섬뜩한 곳으로 바뀌어 있었다. 여자는 수조 아래를 유심히 살펴보았다. 여전히 수조 밑에서 3센티미터쯤 떨어진 곳까지 여자가 깔아 놓은 모래며 자갈은 보이지 않고 수초는 가위로 오려 내듯 밑동이 잘린 모습이었다. 그 아래 공간은 그저 환한 빛에 둘러싸여 아무것도 보이지 않았다. 여자는 환한 빛만이 보이는 빈 공간에 손가락을 넣어 볼까 하다가 이내 그만두었다. 그대로 잘려서 사라질 것만 같았기 때문이다.

반지하방의 벽지도 어제보다 좀 더 올라가서 방 곳곳의 시멘트벽이 더 드러나 보였다. 여자는 하루라도 빨리 이곳에서 나가야겠다고 결심했다. 가급적이면 조용히, 집주인은 물론이고 미안하지만 새로 이사 올 사람에게도 이 불길한 현상을 알리지 않고 어서 빨리 이곳을 떠나야 했다.

남자가 자신의 옥탑방에서 탈출하듯이 내려와 도착한 곳은 결국 반지하에 위치한 대여점이었다. 사실 오늘 대여점을 찾은 데에는 나름의 이유가 있었다. 오늘도 어김없이 일어난 옥탑방의 기이한 변화를 살펴보다가 예전에 보았던 어느 만화책이 문득 떠올랐기 때문이다. 대강의 내용은 생각났지만 불분명한 기억들이 대개 그렇듯 정작 중요한 만화책의 제목은 떠오르지 않았다. 하지만 대여점에 오면 왠지 알아낼 수 있을 듯했다.

어쩌면 오늘은 여자가 없을지도 모른다는 기대를 품고 남자는 대여점 문을 열었다. 만화책을 찾으려면 평소보다 오랜 시간을 보내야 할 게 분명했기에 주인만 지키고 있는 편이 나았지만 남자의 기대는 역시나 이뤄지지 않았다. 계산대를 지키고 있던 여자는 문이 열리자 반사적으로 입구 쪽을 바라보았다. 그때 두 사람 모두 놀라워할 만한 일이 벌어졌다. 서로 상대방 얼굴을 찬찬히 살피며 눈길을 피하지 않았던 것이다. 그들은 몰랐지만 이미 두 사람은 각자의 집에서 일어나는 이해하기 힘든 현상 때문에 무의식적으로 누군가에게 답을 찾고 있었다. 질문에 대한 답이 급했기에 그간의 어색함과 서먹함은 끼어들 자리가 없었다.

한결 편안한 기분에서 남자의 만화책 수색은 시작되었다. 다행히 대여점은 장르별로 만화책이 잘 분류되어 있어 그나마 찾기 편했다. 남자는 코믹, 멜로 코너는 지나치고 미스터리 코너를 찬찬히 살폈다. 그림체가 다소 거칠면서도 선이 굵은 만화였기에 책등의 그림만 보아도 어느 정도 구별이 가능했다. 남자는 몇몇 비슷해 보이는 만화책을 꺼내 펼쳐 보았다. 그중에는 꽤 재미있어서 계속 보고 싶은 만화도 있었다. 남자는 잠깐이지만 빌릴 생각까지 했으나 지금 자신의 집이 어떤 상황인지를 떠올리자 그럴 엄두가 나지 않았다. 이제는 단순히 맨벽이 드러나서 보기 흉하고 생활하기 불편하다 정도의 문제가 아니었다. 오늘 아침에 발견한 경악스러운 일로 인해 남자는 곧장 밖으로 뛰쳐나와야 했다.

여느 때와 같이 느지막이 침대에서 일어난 남자는 딱히 무엇을 읽을 생각이 없는데도 습관처럼 책장으로 향했다. 그러고는 책장에 꽂힌 책을 곰곰이 살펴보다가 문득 이상한 점을 발견했다. 책장이 평소보다 작아 보였던 것이다. 남자는 고개를 들어 책장 위를 살피다가 놀라서 본능적으로 두어 걸음 뒷걸음질 쳤다. 책장의 윗부분에 해당하는 공간이 반듯하게 잘려 나가 있었다. 심지어 책도 잘린 채로 꽂힌 모습이었다. 대신 잘려 나간 자리에는 환한 빛으로 둘러싸인 공간이 자리했다.

남자는 조심스럽게 아직 남은 책의 밑부분에 손을 대고 잘린 것처럼 보인 책을 책장에서 꺼냈다. 책장에서 빠져나와 남자의 손에 들린 책은 원래 모습 그대로였다. 하지만 잘려 나간 책장에 책을 꽂자 사라진 공간만큼 책의 일부도 다시 보이지 않았다. 책장뿐만이 아니었다. 같은 높이에 해당하는 부위가 모두 환한 빛에 둘러싸여 잘린 채로 보이지 않았다. 남자는 자신의 옥탑방이 점점 줄어들고 있는 이 기이한 현상 앞에서 당황할 수밖에 없었다.

다행히 대여점 주인은 오늘 하루 종일 가게에 들르지 않을 터였다. 인근 동네 가게 주인들과 모여 포커를 치는 날이었기 때문이다. 포커 판은 대여점 문을 닫는 시각까지도 계속 이어질 것이고 십중팔구 여자가 가게 정리까지 마쳐야 할 게 분명했다. 그러기에 평상시 같으면 불가능한 일, 즉 계산대에 만화책을 쌓아 놓고 보는 게 가능했다. 평소와 다른 게 있다면 만화책을 보는 여자의 눈길이 느긋하다기보다는 금고의 열쇠를 찾는 도둑처럼 쫓기는 모습이라는 점이었다. 그러다 보니 여자는 남자가 대여점에 와서 오랜 시간 동안 머무르며 책을 고르는데도 딱히 불편하다거나 신경이 쓰이지 않았다.

기괴한 느낌의 그림체에 유치한 제목의 이 만화책을 여자가 기억해 낸 것은 수조에서 발견한 이상 현상이 귀여운 마술 정도로 여겨질 만한 일이 오늘 아침에 일어났기 때문이다. 침대에서 눈을 뜬 여자는 뒤숭숭한 꿈자리 때문에 부스스해진 머리를 하고는 평소처럼 힘들게 몸을 일으켰다. 반지하방은 아침저녁 할 것 없이 항상 어두운 편이었다. 하지만 오늘은 이상하리만치 평소보다 빛이 더 드는 듯했다. 여자는 머리맡에 놓인 탁상시계로 시간을 확인했다. 어쨌든 출근을 위해 세수는 해야 할 테고, 반지하방에서 가장 높은 자리에 좌정해 모든 것들을 내려다보고 있는 좌변기에도 들러야 했다.

그런 생각으로 침대에서 나와 일어서려는 순간, 여자는 자신의 방이 눈부시게 환한 빛 위에 붕 뜬 것처럼 놓여 있다는 사실을 깨닫고는 경악했다. 일어서려고 침대 바닥으로 내려놓은 두 발은 빛 속에 잠긴 채 마치 잘린 것처럼 보이지 않았다. 놀란 여자는 침대로 엉덩방아를 찧으며 얼른 다리를 들어 올렸다. 그러자 다시 변함없는 자신의 발이 보였다. 여자는 그대로 다리를 허공에 죽 뻗은 채 시험 삼아 자신의 발을 까딱까딱 움직여 보았다. 마음먹은 대로 잘 움직였지만 이상한 공간에 들어갔다가 나와서인지 마치 자신과는 별개의 다른 물건처럼 보였다.

처음에는 몸에 이상이 생긴 모양이라고 여자는 생각했다. 어렸을 적부터 어머니에게서 들은 저주대로 그녀의 더러운 몸에 결국 문제가 생긴 게 분명했다. 어머니는 입버릇처럼 여자를 더럽다고 힐난했다. 어머니에게 여자는 가출한 남편을 꼭 닮은 아이였고, 오빠가 받아야 할 구박까지 대신 받는 대상이었다.

한동안 발을 까딱거리며 여자는 앞으로 어떻게 할지를 생각했다. 방바닥에서 대략 사오 센티미터까지는 빛으로 가득 차서 아무것도 보이지 않았다. 침대며 책상, 의자 등의 가구는 밑의 일부가 잘린 것처럼 빛에 둘러싸인 채로 우뚝 솟아 있었다. 아무리 생각해도 이 집에서 빨리 나가는 편이 여러모로 현명했기에 여자는 일단 출근하기로 마음먹었다.

다행히 침대에서 손을 뻗으면 닿는 곳에 빨래 건조대가 있었다. 여자는 팔을 뻗어 반지하임에도 기특하게 잘 마른 티셔츠와 바지를 걷어 주섬주섬 입었다. 그런 다음 침대를 뒤져 머리끈을 찾아 뒤로 한데 모은 다음 질끈 묶었다. 양말까지 신고 나니 좀 더 용기가 나는 듯했다. 여자는 현관까지 빠르게 뛰어갈지, 아니면 조심조심 발을 내딛어 가며 걸어갈지를 잠깐 고민했다.

그때 여자의 눈에 책상 위에 놓인 만화책이 보였다. 자신이 처한 상황과 만화책 내용이 어쩐지 비슷해 보인다는 생각에 어제 대여점에서 들고 온 것이었다. 여자는 만화책을 챙긴 다음 뛰지도, 그렇다고 천천히 살펴 가며 발을 내딛지도 않을 작정이었다. 대신 빠른 걸음으로 현관까지 가기로 했다. 아래를 내려다보지 말고 곧장 앞만 보고 가야지, 하고 여자는 마음속으로 다짐했다.

결국 남자는 원하는 만화책을 찾지 못한 채 그저 손에 잡히는 아무 책이나 들고 계산대로 향했다. 제법 오래 어슬렁거리고는 빈손으로 대여점을 나가기가 영 껄끄러웠기 때문이다. 남자는 계산대에 처음 보는 낯선 제목의 무협 소설을 내려놓고는 지갑에서 현금을 꺼냈다. 그동안에도 여자는 내려다보고 있는 만화책에서 눈을 떼지 않았다. 남자가 계산을 기다리고 있다는 사실조차 눈치를 못 챈 듯했다. 대체 무슨 내용이기에 여자가 계속 만화책만 들여다보는 것인지 궁금해진 남자는 슬쩍 내려다보았다. 놀랍게도 여자가 보던 것은 남자가 그토록 찾던 만화책처럼 보였다.

남자는 자기도 모르게 무의식적으로 여자에게 저기요, 라고 말을 걸었다. 남자의 목소리를 들은 여자는 그제야 화들짝 놀라서 보고 있던 만화책을 덮고는 남자를 올려다보았다. 덕분에 남자는 여자가 보고 있던 만화책의 제목과 표지까지 확인할 수 있었다. 예상대로 그가 찾던 만화책이었다. 남자는 조금 갈라지고 탁한 목소리로 물었다.

"혹시, 지금 보고 있는 만화책을 빌릴 수 있을까요?"

여자가 방어적인 태도로 만화책을 슬그머니 자신 쪽으로 가까이 가져가자, 남자는 다급하게 말했다.

"제가 꼭 봐야 해서 그럽니다. 왜 그런지 이유를 말해도 믿지 못하겠지만, 정말 지금 그 만화가 필요합니다. 결말을 확인하고 싶어서요."

남자는 경계하던 여자의 눈빛이 조금 당황하며 흔들리는 것을 보았다. 처음에는 허둥거렸던 남자는 이제 의심의 눈빛으로 여자를 바라보았다. 대체 왜 여자가 이 만화를 놓고 이처럼 경계하는지 알 수 없었다. 그러다 남자 역시 여자와 마찬가지로 조금 놀라 상대를 바라보았다. 어쩌면, 혹시, 설마, 아닐 거야, 만약 그렇다면……. 두 사람은 생각했고 거의 동시에 서로에게 입을 열었다.

"저기, 혹시, 정말 혹시 해서 하는 말인데요……."

만화 속에서 두 주인공은 각기 떨어져 처음 보는 방에서 깨어난다. 남자는 오른쪽 방, 여자는 왼쪽 방이다. 두 방 사이에는 긴 복도가 놓여 있을 뿐, 창이며 다른 출구는 전혀 없다. 낮인지, 밤인지도 알 수 없고, 시계도 없어 얼마의 시간이 흘렀는지도 확인할 수 없다. 텔레비전이며 전화기 같은 것도 당연히 없다. 그들이 자유롭게 할 수 있는 일이라고는 침대에 눕거나 일어나고, 냉장고 문을 열고 닫고, 스위치로 천장에 매달린 형광등을 켜거나 끄고, 좌변기에 앉았다가 일어나고, 그때마다 좌변기의 물을 내렸다가 다시 채우는 게 고작이다. 즉, 먹고, 자고, 배설하는 일은 할 수 있었기에 당장에 죽을 염려는 없다.

물론 그렇다고 두 사람이 오래 살아남기는 힘들어 보인다. 언젠가 냉장고에 들어 있는 물과 음식이 떨어질 게 분명하지만 그전에 죽게 될 것이라고 만화 속의 두 주인공은 생각한다. 자신 외에는 누구도 만날 수 없기 때문이다.

두 사람은 하루에도 여러 번 유일한 문을 열고, 바깥으로 이어진 긴 복도를 내다본다. 그들은 복도를 바라만 볼 뿐 나설 생각을 하지 않는다. 그러던 어느 날, 잠에서 깬 남녀는 더 이상 방이 아닌 환한 빛에 둘러싸인 긴 복도에 누워 있다는 사실을 깨닫는다. 어쩔 수 없이 남자와 여자는 복도를 걷기 시작한다.

복도에는 열 걸음마다 감시 카메라를 볼 수 있고, 스무 걸음마다 스피커가 달려 있다. 감시 카메라가 특유의 소리를 내며 그들을 뒤쫓아 렌즈를 움직이고, 스피커에서는 주기적으로 두 사람을 향해 욕설이 들려온다. 그럼에도 남자와 여자는 묵묵히 계속 발걸음을 옮긴다.

"두 사람은 결국 만났을까요?"

여자의 말에 남자는 모르겠다는 듯이 고개를 저었다.

"모르겠어요, 다만 의지만 있다면."

남자의 말에 이번에는 여자가 고개를 끄덕거렸다. 아쉽게도 만화 속의 두 주인공이 어떻게 되었는지는 알 수가 없다. 만화책은 완결이 나지 않은 채로 더 이상 출간되지 않았기 때문이다. 인기가 없는 만화였기에 오직 만화가만이 결말이 나지 못한 것을 아쉬워한 듯했다. 그러다가 드디어 결말이 궁금한 두 사람이 생겨난 셈이었다. 반지하방의 여자와 옥탑방의 남자는 만화의 결말이 대체 무엇이었을까를 놓고 이런저런 이야기를 나누었다. 결론은 그 누구도 알 수 없다는 것이었다.

　반지하방과 옥탑방에서 일어나는 불길한 변화는 그치지 않고 조금씩이지만 확실하게 일어났다. 여자의 반지하방은 아래에서부터 위로 점점 공간이 잘려 나가 환한 빛만이 가득한 텅 빈 곳으로 변했다. 남자의 옥탑방은 반대로 위에서부터 아래로 공간이 사라져 갔다. 그럼에도 두 사람은 여러 가지 이유로 당장은 이사 가기가 힘들었다. 계약 기간이 남아 있었고, 얼마 안 되는 짐이었지만 이사 비용도 걱정이었다.

　"하지만 결국에는 이사할 수밖에 없을 거예요. 방 전체가 환한 빛으로만 가득해졌다간 나갈 문도 찾지 못할 테니까."

　여자가 남자에게 주의를 주듯이 말했다. 남자는 생각에 잠겼다. 아직까지는 환한 빛으로 뒤덮인 부분이 많지 않아서 견딜 만했다.

"이러다가 말지 않을까요? 아님 어느 날 다시 정상으로 돌아가거나."

"잘 모르겠어요."

남자의 막연한 기대와 달리 여자는 미심쩍다는 표정을 지었다. 그렇다고 여자로서도 딱히 뾰족한 수가 있는 것은 아니었다. 남자는 답답하다는 듯이 말했다.

"이사를 가고 싶어도 문제는 돈이에요. 지금 내가 살고 있는 집과 비슷하거나 좀 더 싼 데가 있을지 모르겠어요."

"있어요."

"어디요?"

여자의 대답에 남자는 일말의 기대를 품고 물었다. 그러자 여자가 쓴웃음을 지으며 말했다.

"우리 집이요. 내가 사는 집은 반지하라서 당신 옥탑방보다 싸거나 비슷할 거예요."

"내가 당신 집으로 이사 가고, 당신이 우리 집으로 이사 오면 되겠네요."

남자는 말하고 나서 여자에게 재미있다는 듯이 웃어 보였다. 이내 두 사람 사이에 불편하고 차가운 침묵이 내려앉았다. 쓸쓸한 현실 앞에서 농담은 길게 나올 수 없었다. 그때 문득 남자에게 한 가지 생각이 떠올랐다.

"우리 정말 각자 집에 가 볼까요? 서로 상대방 집을 번갈아 방문하면 이 문제가 사라질지도 몰라요."

"그럴지도 모르겠네요."

"그럼 언제 올래요?"

"언제가 좋을까요?"

하지만 두 사람은 더 이상 아무 말도 할 수 없었다. 이내 두 사람은 그들이 아무런 의미도 없는, 아니 오히려 두 사람 사이에 골치 아플 수도 있는 일을 벌이려 한다는 것을 본능적으로 깨달았기 때문이다. 남자는 화제를 돌리듯 아래층 노파를 기어이 자신의 옥탑방으로 불렀던 일을 여자에게 이야기했다.

남자의 집요한 방문 요구를 들은 노파는 귀찮아하면서도 잔뜩 의심스러운 눈빛으로 옥탑방으로 찾아왔다. 노파를 따라온 할아버지와 아들도 함께였다. 세 사람은 여기저기를 들쑤시며 돌아다니더니 다시 밖으로 나왔다. 그러고는 노파가 어이없다는 표정으로 남자에게 대체 뭐가 문제냐고 물었다. 남자는 이미 그들이 들어섰을 때부터 낭패감에 휩싸여 있었기에 아무 말도 하지 못했다. 신기하게도 세 사람이 들어서는 순간, 지금껏 사라진 것처럼 보였던 공간들이 원래대로 돌아와 있었기 때문이다. 하지만 세 사람이 문을 닫고 나가자 다시금 예전 모습 그대로, 즉 사라진 공간과 남은 공간이 기묘하게 공존하는 모습으로 변했다.

여자는 남자의 이야기를 듣고서 딱히 더 낙담하지는 않았다. 이미 어렴풋이 이러한 결과를 예감하고 있었기 때문이다. 여자가 보기에 그들은 일종의 열쇠였다. 오직 그들만이 각자의 집에 들어섰을 때 비밀 공간을 열 수 있었다. 문제는 비밀 공간 중에서 비현실적인 공간은 계속 늘어나고 현실 공간은 이제 얼마 남지 않았다는 점이었다. 다행히 현관문 밖으로 나오면 언제 그랬냐는 듯이 정상적인 공간이 펼쳐졌다. 남자는 쓴웃음을 지으며 여자에게 말했다.

"이대로라면 우린 노숙을 해야 할지도 몰라요."

"노숙자 중에 정말 우리 같은 경험을 한 사람이 있는지도 모르죠."

여자의 말에 남자는 잠시 생각에 잠겼다. 하지만 이내 고개를 절레절레 젓고는 새로운 만화책을 빌려 대여점 밖으로 나갔다.

남자와 여자는 처음부터 이런 결말이 올지도 모른다고 어느 정도 예상했다. 그러면서도 그런 일이 벌어지지는 않으리라 낙관하기도 했다. 하지만 설사 일이 벌어진다 해도 어쩔 수 없다는 포기도 뒤섞인 감정이었다. 포기가 낙관보다 컸기에 그들의 결말은 좋지 못했다.

결국 파국의 날이 찾아왔다. 남자는 현관문을 닫자마자 옥탑방이 환한 빛의 공간으로 빠르게 변해 가는 것을 보고 경악했다. 갑자기 현실 공간이 완전히 사라져 버렸기에 남자는 아무런 대처도 할 수 없었다. 반지하방으로 돌아온 여자 역시 마찬가지였다. 여자는 예전에 반지하방이었지만 지금은 빛으로 가득한 공간 속에 자신이 들어와 있다는 사실을 깨달았다. 그제야 그들은 방금 전까지 머물렀던 자신들의 방이 위아래로 압착되듯 눌려서 끝을 알 수 없는 긴 복도로 변해 버렸다는 사실을 깨달았다. 한없이 길고 환한 복도에 선 그들은 그 끝이 어디일지, 과연 끝이 존재할지 궁금했다.

두 사람은 자연스럽게 상대방을 떠올렸다. 만약 함께였다면 복도의 끝에 도달할 수 있을지도 모른다는 생각이 막연하게나마 들었다. 하지만 아쉽게도 그들은 대여점에서만 만나 이야기를 나눴을 뿐, 각자의 휴대전화 번호도 몰랐다. 끝끝내 서로의 집에 방문하지도 않았다. 두 사람은 지금 이 순간 누군가가 자신들의 등 뒤 어딘가에 굳게 닫혀 있을 현관문을 열어 줬으면 좋겠다고 생각했다. 그럴 수만 있다면 그들의 공간은 원래대로 돌아가고 두 사람은 다시 밖으로 도망칠 수 있었을 것이다. 하지만 결국 어느 누구도 열지 않았다.

반지하방과 옥탑방에 누군가가 찾아온 것은 그들이 사라지고 나서 한 달이나 지난 뒤였다. 남자와 여자는 실종 처리되고 그들의 짐은 시 외곽의 어느 창고로 옮겨졌다. 모든 일이 어느 정도 마무리되고 나서 일주일 뒤, 집주인 대신 노파가 방을 보러 온 여자에게 반지하방과 옥탑방을 차례로 보여 주며 말했다.

"어때요? 두 방 다 괜찮아요. 이 동네에 이만한 방도 없어
요. 그래도 내 몸 편히 뉠 곳은 있어야지."

시종일관 주눅 든 모습으로 조심스럽게 방을 둘러보던 여
자는 노파에게 어색한 미소를 지어 보이며 고개를 끄덕였다.

벽과 마스크,

그리고 귀

——

어두컴컴한 반지하방에서 두 눈을 감고 있으면 뿌리가 자라는 소리가 들렸다. 오랫동안 눈이 어둠에 익숙해지느라 시력이 떨어지고 대신 남들과 다른 청력을 갖게 된 사람이라면 그런 능력을 가질 가능성이 조금이나마 있었다. 그는 자신을 두더지라 여겼다. 게다가 그에게는 그런 능력을 가질 만한 천부적인 불행, 다른 말로는 재능이 있었다. 하지만 아쉽게도 남들에게 내세울 만한 능력은 아니었다. 식물마다 뿌리가 다르게 성장하는 소리를 구분할 수 있다고 말해 봤자, 상대방은 그저 눈을 멀뚱멀뚱 뜬 채 말없이 바라볼 뿐이었다. 거기서 좀 더 그의 능력을 떠벌렸다간 이상한 인간 취급을 당하기 십상이었다.

그렇다고 그의 뛰어난 청각이 영 쓸모없느냐면 또 그것은 아니었다. 적어도 충분한 밥벌이 수단 정도는 되어 주었기에 그는 아침에 일어나서 세수를 할 때마다 귀도 꼼꼼히 씻었다. 성스러운 의식처럼 조심해 가며 씻은 귀를 수건으로 정성껏 닦은 그는 방으로 들어서며 작업대 위에 놓인 화분을 물끄러미 내려다보았다. 화분에 심은 화초는 이미 죽어 있었다. 어제보다 좀 더 말라비틀어진 듯했다. 반지하의 습기도 죽음의 건조함은 어쩌지 못했다. 무슨 동양란 종류로 보였지만 정확한 이름은 알 수 없었다.

그는 축 처진 잎줄기를 손으로 가만히 매만져 보았다. 얼핏 보면 아직 완전히 노랗게 시든 것은 아니어서 물을 주고 조금만 주의를 기울이면 다시 싱싱해질 가능성이 있는 것처럼 보였다. 하지만 그는 어떤 수를 쓰더라도 결코 살릴 수 없으리란 사실을 잘 알았다. 그렇다면 빨리 뿌리를 뽑고 미련을 탈탈 털어 내어 쓰레기통에 버리는 편이 나았다. 그는 모종삽을 들어 조심스럽게 화분의 흙을 파헤쳤다. 조금만 파냈는데도 뿌리가 금세 드러났다. 이내 그의 손에 난이 뿌리째 들려 화분에서 뽑혔다. 뿌리는 반 이상이 잘린 채였다. 처음 화분에 난을 심을 때부터 뿌리를 잘라 버린 데다가 제초제 성분을 녹인 용액을 주입했으니 온전할 리 없었다.

발밑에 놓인 쓰레기통에 난을 던져 넣은 다음 그는 두 손을 화분 속에 집어넣어 처음보다 좀 더 세심한 손놀림으로 흙을 뒤적거렸다. 곧 손가락 끝에 딱딱한 감촉이 느껴졌다. 흙과는 다른 이질적인 감촉을 따라 그는 손가락을 움직이며 화분 속에 숨겨져 있던 것을 조심스럽게 파내어 밖으로 끄집어냈다. 가로세로 1.5센티미터의 검은색 정사각형 상자에 지름이 2센티미터쯤 되는 작은 은색 원반이 붙어 있는 도청기였다.

그의 일은 간단하면서도 명료했다. 의뢰가 들어오면 도청할 사람의 사무실이나 집으로 선물용 화분을 보냈다. 의뢰인에게서 받은 정보로 도청할 사람과 연관이 있지만 그리 가까운 사이는 아니어서 정기적으로 연락을 주고받지는 않는 인물이나 단체 중에서 적당한 것을 사칭해 선물로 위장하면 그만이었다.

그는 무작위로 꽃집을 정해 화분을 주문해서 먼저 자신이 받았다. 화분이 오면 조심스럽게 화초를 파내 뿌리를 짧게 잘라 버리고 제초제 등을 넣어서 최대한 빨리 죽도록 만든 다음에 도청기를 몰래 심었다. 그런 다음 선물을 직접 전달하며 명함을 건네 혹시 화초가 죽으면 값을 치르고 다시 매입하겠노라고 이야기해 두었다. 그렇게 화초가 죽어 가는 동안 도청이 이뤄졌다. 대부분의 사람은 화분을 그냥 버리지 않고 얼마라도 돌려받을 생각에 그에게 다시 수거해 가라고 연락했다.

귀찮거나 혹은 잊어버리고 그냥 화분을 버린 경우에도 쓰레기봉투를 뒤지거나 해서 대부분 수거했다. 열에 하나 정도로 수거가 제대로 이뤄지지 않을 경우에는 그냥 의뢰를 포기했다. 도청기를 화분에 심어 보내고 다시 온전히 수거하는 게 그만의 원칙이었다. 도청기를 지정 장소에 계속 숨겨 두고 원격으로 녹음하는 방식은 결코 쓰지 않았다. 그는 도청기가 계속 놓여 있는 한, 언젠가는 반드시 걸릴 것이라고 믿었다.

그는 파낸 도청 장치에 묻은 흙을 마저 깔끔하게 모두 털어 낸 다음 검은 상자 측면에 나 있던 단자와 컴퓨터 본체를 케이블로 연결했다. 이내 컴퓨터 바탕화면에 도청 장치를 나타내는 아이콘이 뜨자 마우스로 클릭했다. 폴더에 날짜별로 수십 개의 파일이 일렬로 떠올랐다. 그는 헤드셋을 끼고는 첫 번째 파일을 열어 보았다. 이내 낯선 사내의 목소리가 들려왔다.

남자는 언제부터인가 불쑥불쑥 환청에 시달렸다. 어느 날 정체불명의 메일에 첨부되어 있던 음성 파일을 듣고 난 뒤부터 생긴 현상이었다. 며칠 전부터 남자는 환청에 시달리는 현재보다는 의심에 시달리던 과거가 더 나았을지도 모른다고 생각했다. 결국 결론은 언제나 이 세상이 지랄 같다는 것이었고, 어떤 선택이든 결과는 최악이라는 점이었다. 애초에 오늘이 있기까지 선택이란 게 존재했는지도 의문이었다. 불행은 운명적이었고, 그 끝은 보이지 않았다. 선택은 결국 이 일의 끝에 옹색하게 남아 있을 터였다. 그나마 그렇게라도 마지막에 선택지가 존재한다는 사실만으로도 남자는 구원받은 느낌이었다. 그것이 겉으로 보기에는 결국 남자를 파멸로 이끄는 일처럼 보일지라도 말이다.

결론이 나오기 전까지 남자는 오직 한 가지만 바랐다. 바로 이 빌어먹을 환청이 없어지는 것이었다. 차라리 인쇄기 앞에서라면 요란한 기계음 덕분에 환청을 들을 수 없었을 것이다. 하지만 아쉽게도 남자는 당분간 인쇄소에 나갈 수 없었다. 인쇄소 기장 가운데 한 명이 일 년 가까이 유행하던 전염병에 걸린 탓이었다. 그 결과 관련자 모두가 감염 여부를 검사받았고 인쇄소는 대대적인 방역 조치와 더불어 당분간 출입이 엄금되었다.

몇몇 직원은 이참에 며칠 쉴 수 있다는 사실을 내심 반겼다. 오직 남자만이 이 짧은 휴식에 경악했다. 남자의 집은 적막하기 그지없었던 데다가 무엇보다 아내가 같이했기 때문이다. 남자가 집에서 쉬게 된 첫날 인쇄소가 잠정 폐쇄된 이유를 짤막하게 이야기한 것을 제외하고 두 사람은 하루 종일 한마디도 말을 섞지 않았다. 그럴수록 남자는 인쇄기와 제단기에서 들려오는 각종 소음이 그리웠다.

거실 소파에 앉아서 텔레비전을 켜고는 멍하니 뉴스를 시청하던 남자는 문득 비명을 내지르고 싶었다. 가만히 있다가는 숨 막히는 집 안 공기에 질식사할 것만 같았다. 모종삽을 들고 베란다로 나가려던 남자의 아내는 이상한 낌새를 눈치채고 남편을 바라보았다. 남자는 텔레비전만 뚫어져라 쳐다보았다. 남편의 시선을 따라 텔레비전으로 눈길을 돌린 여자는 이내 인상을 찌푸리고는 그대로 베란다로 나가 버렸다. 텔레비전에서는 한창 살인이 벌어지는 중이었다. 요 근래 남자가 빠져서 보고 있는 외국의 범죄 드라마였다.

남자는 베란다로 나간 아내의 뒷모습을 슬그머니 바라보았다. 크고 작은 화분들로 가득한 베란다는 작은 식물원을 연상시켰다. 부부 사이에 말다툼이 일어나면 남자의 아내는 싸우다 말고 항상 베란다로 나갔다. 처음에는 그저 바깥 풍경을 내다보며 화를 삭이던 게 전부였지만 어느 날, 작은 화분이 놓이자 모든 게 바뀌었다. 남자와 아내 사이에 골이 깊어지고 급기야 대화가 사라지는 동안 베란다에는 화분이 차곡차곡 하나씩 늘어 갔다. 아내는 남자와 대화를 나누는 대신 화분에 물을 뿌리며 마음속으로 화초에 말을 걸었다.

아내가 키우는 저 화분들은 남자에게 증오의 대상이었다. 화분이라면 아내가 운영하는 꽃집에도 가득 널려 있었다. 그런데 그 화분이 이제는 집 베란다를 넘어 거실까지 차지하고 들어오고 있었다. 결국 어느 날, 남자는 참지 못하고 거실의 화분 하나를 깨 버렸다. 집으로 돌아온 아내는 마치 자신의 머리가 깨지기라도 한 것처럼 산산조각 난 화분을 보고 비통한 표정을 지었다. 아내가 말없이 쭈그리고 앉아 화분 조각들을 줍는 동안 남자는 그들의 결혼 생활 역시 파탄이 났다는 사실을 깨달았다.

"여기에 올 때마다 난 지나온 인생을 되돌아보게 돼."

검은 선글라스를 쓴 사내는 귀마개를 벗으며 반지하방을 두리번거렸다. 그러고는 냄새를 맡았다. 그는 사내가 항상 인사말처럼 건네는 지나온 인생 운운하는 말을 흘려들었다. 사내는 그런 반응이 익숙하다는 듯이 마치 제집처럼 편안하게 방안을 어슬렁거리며 말했다.

"카타콤 같아. 회개해야만 할 것 같은 게 당신 작업장으로 삼기에 딱이야. 아주 제대로 둥지를 틀었어."

그는 피식 웃었다. 카타콤이니 회개를 들먹이는 사내의 종교는 불교였다. 그나마 표면적으로 그렇다는 말이고 실제로 사내가 믿는 건 무교, 즉 무당의 점괘였다. 사내는 군인들이 일요일 종교 행사 때 어떤 간식을 주느냐에 따라 교회와 절, 성당을 옮겨 다니듯 자신에게 위안을 주는 점괘를 찾아 여러 무당을 전전했는데 최근에는 그가 사는 동네에 자리 잡은 처녀 보살을 자주 찾고 있었다. 사내 입장에서는 그에게 녹취 파일을 받으면서 처녀 보살의 점집도 방문할 수 있어서 여러모로 편했다. 그로서도 사내가 얼른 처녀 보살을 만나러 자리를 떴기에 불만이 없었다.

사실 사내는 이런 비밀스러운 뒷조사를 하는 사람치고는 유독 수다스러운 편이었다. 그는 사내의 입도 막고 빨리 내보낼 겸해서 녹취해서 저장했던 음성 파일을 클릭했다. 중년 남자의 거칠고 거드름 피우는 목소리가 들려오자, 사내는 컴퓨터에 좀 더 가까이 상체를 숙이고는 흥미롭다는 표정을 지었다. 얼마 안 있어 주눅 든 여자의 목소리가 흘러나왔다. 그러고는 이내 남녀가 성교를 나누는 소리가 들려왔다. 남녀의 행위는 그리 오래가지 않았다. 이 모든 일이 혐오스럽고 지겨워진 그는 차라리 사내의 수다가 낫겠다 싶어 물었다.

"계속 들을 건가요?"

사내는 충분하다는 표정을 지으며 씩 웃더니 고개를 저었다. 그는 얼른 음성 파일을 중지시켰다. 그러고는 음성 파일을 저장한 폴더 전체를 사내가 가져온 USB에 복사했다. 그런 다음 말했다.

"날짜별로 저장된 녹취 파일 전체와 방금 들은 주요 부분만 편집한 파일이 별도로 들어 있어요."

그는 USB를 클릭해서 사내에게 폴더를 열어 보여 준 다음 컴퓨터에 저장되어 있던 원본 폴더를 삭제했다. 그러고는 본체에 연결되어 있던 USB를 빼내서 사내에게 건네며 말했다.

"늘 그렇듯 이게 유일한 원본 파일입니다. 없어지면 여기에 들어 있는 소리들도 다 사라지는 거죠."

USB를 건네받은 사내는 만족스럽다는 표정을 지으며 그 것을 바지 주머니에 넣었다. 그러고는 점퍼 안주머니에서 현금 이 담긴 두툼한 봉투를 꺼내 그에게 건넸다. 그는 액수를 확인 하지도 않은 채 책상 서랍을 열어 봉투를 던져 넣었다. 사내는 고개를 돌려 방 안 여기저기를 둘러보고는 그에게 말했다.

"하루 종일 여기 있는 건 아니지? 가끔 바람이라도 좀 쐬 라고. 계속 그렇게 컴퓨터 앞에서 웅크리고만 앉아 있으니 꼭 매미 유충 같잖아."

그는 자신의 어깨를 가볍게 두어 번 토닥거리고는 몸을 돌 려 집 밖으로 나가는 사내의 뒷모습을 말없이 쳐다보았다. 현 관문이 열리면서 잠깐 바깥의 소음이 들려오는 듯싶더니 이 내 두꺼운 철문에 닫혀 반지하방은 진공 상태처럼 소리가 사라 져 버렸다. 그는 익숙한 적막과 어둠 속에서 비로소 한숨을 내 쉬었다. 이내 뿌리가 자라는 소리가 들렸다. 그는 어둠 속에서 그 소리에 귀를 기울였다.

어디선가 곰팡이 냄새와 먼지 냄새, 흙냄새가 뒤섞인 뿌 리의 냄새도 알싸하게 풍겼다. 그는 자리에서 일어나 이 모든 소동의 근원지를 향해 조심스럽게 걸어갔다. 이 기괴한 현상은 그리 멀리 있지도 않았다. 그가 작업하는 컴퓨터 책상에서 고 작 대여섯 발짝 정도 떨어져 있을 뿐이었다.

소리가 들려오는 벽 앞에 선 그는 가만히 손을 대 보았다. 벽에서 따스한 기운이 전해졌다. 계속 손을 대고 있자 딱딱했던 벽이 조금씩 부드러운 진흙처럼 변해 갔다. 무엇인가가 점점 밖으로 도드라졌다. 그러고는 이내 사방으로 뻗은 거대한 나무뿌리를 연상시키는 돌출부가 벽에서 솟아올랐다. 가만 보면 마치 오래전부터 벽을 타고 뿌리가 자라고 있는 것처럼 보이기도 했다. 매번 소리가 나는 벽에 손을 댈 때마다 보는 현상이었지만 그로서는 여전히 적응이 되질 않았다.

그는 고개를 한쪽으로 기울이고는 오른 손바닥으로 오른쪽 관자놀이 부근을 툭툭 때렸다. 그런 다음 이번에는 반대쪽으로 기울여서 왼 손바닥으로 왼쪽 관자놀이를 다시 두어 번 가볍게 두들겼다. 고장 난 텔레비전 여기저기를 손바닥으로 내리치는 것과 비슷했다. 그럼에도 텔레비전이 제대로 수신하지 못하고 노이즈에 화면이 이지러지는 것처럼 벽에 도드라진 그것은 사라지지 않았다.

손끝으로 가만히 뿌리를 연상시키는 돌출물을 만져 보자 딱딱하고 거친 콘크리트 질감이 느껴졌다. 이것은 진짜 나무뿌리가 아니라 일종의 부조와 비슷했다. 그럼에도 분명 자라고 있었다. 처음 발견했을 때는 그저 알뿌리만 했지만 이제는 벽 전체를 거의 덮을 정도였다. 그는 이것이 자라나는 곳이 벽이 아니라 어쩌면 자신의 뇌 어딘가, 더 나아가 영혼의 구석 어디

쯤인지도 모른다고 생각했다. 아닌 게 아니라, 이 기이한 현상을 누군가에게 설명했다가는 분명 미쳤다는 소리를 들을 게 뻔했다.

만약 미쳤다는 소리를 듣게 된다면, 정말로 미친 것은 아닌가 한 번쯤은 고민하는 게 옳았다. 요즘 들어 그는 병원에 찾아가 봐야 한다고 몇 번이고 마음속으로 다짐했다. 마치 그런 그의 결심을 다그치기라도 하듯이 나무뿌리를 연상시키며 바깥으로 튀어나와 있던 그것은 천천히 벽 속으로 스며들더니 이윽고 완전히 사라지고 말았다. 그는 자기 앞에 나타난 단단한 벽을 바라보고는 다시 고개를 좌우로 기울여 가며 관자놀이 부근을 손바닥으로 때렸다.

며칠째 잠을 설친 처녀 보살은 머리가 지끈거렸다. 게다가 사내가 오기 직전에 본 점괘가 꺼림칙했던 탓에 심신이 더 지쳐 있는 상태였다. 검은 선글라스에 귀마개를 한 사내 역시 처녀 보살의 상태가 심상치 않다는 것을 알아챘는지 평소와는 달리 눈치를 살피며 쭈뼛쭈뼛 방석에 앉았다. 그러고는 얌전히 귀마개를 벗어서 가지런히 무릎 위에 올려놓았다. 처녀 보살은 그만 나가라고 말하고 싶은 것을 꾹 참았다. 다행히 밤새 들려오던 소리는 이제 그쳤지만 대신 사내가 등 뒤에 끌고 온 또 다른 사내가 내는 흐느낌 소리가 듣기 싫어 자신도 모르게 혀를 찾다. 그러자 사내가 무릎걸음으로 점상에 좀 더 가까이 다가오며 물었다.

"왜요? 왜 혀를 차십니까?"

사람들은 모두 제2의 자신을 그림자처럼 달고 다녔다. 사실 처녀 보살이 보는 것은 그다지 볼만한 광경은 아니었다. 대부분이 본체와 달리 일그러져 있거나 기괴하게 비틀려 있었기 때문이다. 그중에서 처녀 보살의 가장 큰 단골 가운데 한 명인 사내가 등 뒤에 달고 오는 또 다른 사내는 심하게 일그러진 경우였다.

여기저기 멍이 들어 있는 또 다른 사내의 얼굴은 안쓰러움을 자아냈다. 양심을 상징하는 두 눈은 완전히 퇴화되어 그저 작은 구멍 정도로만 뚫려 있었고 대신 코끼리의 귀를 연상시키는 거대한 두 귀가 마치 날개처럼 양쪽에 붙어 있었다. 본능과 직감을 나타내는 코 역시 커다랗게 자리해서 얼굴 전체를 다 덮었다. 입은 모기처럼 길쭉하게 뻗어 있어 남을 빨아먹고 기생하는 전형적인 인간들이 보여 주는 특징을 잘 드러내 보였다. 게다가 발목 아래에 있어야 할 발이 잘린 것처럼 보이지 않았다.

처녀 보살을 찾아오는 사람들은 거의 대부분이 어둡거나 일그러진 데가 있었고 또 다른 자신에게 그러한 부분이 기괴하게 반영되어 있기 마련이었지만 이 사내만큼 심한 경우는 드물었다.

"저한테 안 좋은 일이라도 생기나요?"

사내는 초조한 듯 다시 재촉해서 물었다. 처녀 보살은 검은 선글라스 너머에 숨은 사내의 두 눈이 궁금했다. 왠지 걱정에 휩싸여 불안해하는 눈빛이 아니라 비웃음에 가득 차서 키득거리고 있을 것만 같은 눈이었다.

처녀 보살은 사내의 등 뒤에 서 있던 또 다른 사내가 해 주는 이런저런 말을 듣기 시작했다. 처녀 보살은 귀를 기울이며 가끔씩 고개를 끄덕거리다가 드디어 맞은편에 앉은 사내를 보며 말했다.

"지금도 남의 이야기 듣느라 바쁜데 뭐 하러 내 이야기까지 들으러 왔죠?"

처녀 보살의 물음에 사내는 잠시 주저하더니 더욱더 앞으로 몸을 기울이며 물었다.

"언제까지 제가 이 일을 계속해도 될까요?"

"당장 그만둬요."

사내는 실소를 머금으며 고개를 절레절레 저었다. 생각해 보면 의미 없는 질문에 쓸모없는 답변이었다. 처녀 보살 역시 딱하다는 듯이 사내를 바라보며 혀를 찼다. 사내는 평생 이 일을 해야 할 팔자였다. 그저 먹고살기 위한 일이라면 그만둘 수도 있었다. 하지만 사내에게 이 일은 숨을 쉬는 것처럼 당연히 해야 하면서도 노동으로 여겨지지 않는 일종의 생명 활동이었다. 누군가의 말을 듣고, 다른 누군가에게 일러바치는 일은 사내가 살아남기 위한 방편이었다. 숨을 쉬지 않으면 죽듯이 사내는 고자질을 하지 않고서는 살 수 없었다.

처녀 보살은 사내의 뒤에 서 있는 또 다른 사내의 얼굴에 난 멍을 측은하게 바라보며 말했다.

"처음부터 큰 귀와 툭 튀어나온 입을 가지고 태어나는 이는 없죠."

"그게 무슨 말씀이신가요?"

처녀 보살은 사내의 뒤에 선 또 다른 사내의 얼굴 여기저기에 난 멍에서 검푸른 실뿌리 같은 것이 꿈틀거리며 퍼져 나가는 것을 보았다. 사내의 얼굴은 이내 실뿌리로 뒤덮여 버렸다.

"무슨 뜻인지는 당신이 더 잘 알겠죠. 어쨌든 지금 일을 죽기 전까지는 그만두지 못할 테니 부적이라도 써 줄게요. 이걸 지니고 있으면 최소한 누군가에게 등 뒤를 찔려 엎드려 죽지는 않을 거예요."

사내는 의심쩍은 표정을 지으면서도 감사하다고 말했다. 처녀 보살은 소매 춤에서 종이를 꺼내서 붉은 주사가 담긴 접시에 붓을 적시고는 빠른 속도로 부적을 써 내려갔다. 사실 이 부적이라는 물건은 전혀 효과가 없었다. 종이에 휘갈겨 쓴 붉은 글씨가 액운을 막아 줄 수 있다면 세상은 누군가에게는 벌써 평화가 가득한 낙원일 것이고, 다른 누군가에게는 지옥으로 바뀌었을 터였다. 저주를 푼다면 저주를 걸 수도 있다는 뜻이다. 하지만 지금처럼 그저 단순히 아무런 의미도 담지 않고 써 내려간 부적 따위로는 그런 일이 불가능했다.

처녀 보살은 비루한 자신의 밥벌이에 자괴감을 느끼면서도 멋들어지게 부적을 그려 내 마침내 사내에게 건넸다. 사내는 공손히 두 손으로 부적을 받아 들어 잠시 찬찬히 살피더니 조심스럽게 접어 지갑 안에 넣었다. 그러고는 이내 부적을 넣은 지갑에서 지폐 몇 장을 꺼내 점상 귀퉁이에 얌전히 올려놓은 뒤 가볍게 목례를 하고는 일어섰다. 사내 뒤에 항상 서 있는 또 다른 사내 역시 뒤돌아섰다.

사내가 떠난 뒤에도 처녀 보살은 점상에 놓인 지폐를 한동안 물끄러미 바라보았다. 부적이 몇 장의 지폐로 바뀌었지만 세상의 비루함은 당연히 변하지 않았다. 그때 어디선가 세면대의 배수관으로 물이 소용돌이를 일으키며 흘러 내려가는 소리가 들려왔다. 며칠째 처녀 보살의 잠을 설치게 한 소리였다. 밤새 들었던 소리가 이제는 낮에도 들려오고 있었다. 처녀 보살은 의사를 찾아가든가 아니면 어디 용한 총각 무당의 굿을 받든가 해야겠다고 마음먹었다. 어쩌면 이 모든 게 화분 같은 반지하방에 웅크리고 있는 그 때문인지도 몰랐다. 처녀 보살은 입술을 지그시 깨물었다.

그는 언제부터인가 손바닥을 댄 벽에 뿌리 형상이 드러나는 것을 '뿌리 내림'이라고 불렀다. 오늘도 뿌리 내림은 여전했고 어제보다 좀 더 넓게 뻗어 있었다. 이미 벽 한쪽을 가득 채운 뿌리는 점점 더 옆벽으로 번져 나가는 중이었다. 조만간 방 전체가 뿌리에 휘감길 듯했다.

"왜 내 눈에는 보이지 않지?"

처녀 보살은 벽을 매만지며 의심스럽다는 듯이 투덜거렸다. 그는 과거에 연인이었고 지금은 무당인 여자에게 농담하듯이 말했다.

"착한 사람들 눈에만 보이는 거야."

"네가 병들었거나, 아니면 내가 병들었거나."

처녀 보살은 농담 따위는 전혀 통하지 않는다는 얼굴로 혼잣말을 하고는 묵묵히 생각에 잠겼다. 그러자 그 역시 웃음기를 거두고는 조금 정색하듯 말했다.

"아니, 우리 둘 다 병들었는데 아픈 부위가 다를 뿐이야. 네가 보고 듣는 것 중에서 내가 모르는 것도 있잖아."

"너는 모르는 게 아니라 알고 싶지 않은 것뿐이야."

이 말은 그들이 헤어지며 나눈 마지막 대화의 일부였다. 그때 그는 처녀 보살에게 알고 싶어 하지 않는 게 아니라 알 수가 없었노라고 항변했다. 두 사람 사이에 무거운 정적이 내려 앉았고 그들은 서로 고개를 돌렸다. 돌이켜 볼수록 그는 자신이 치졸한 변명을 했다는 생각에 부끄러웠다. 아니면 사랑하는 사람조차도 제대로 이해할 수 없는 자신이 비루했다. 치졸하거나 비루하거나 괴롭다는 점에서는 같았다. 그러므로 그는 그녀를 피해야 할 당위성을 얻었다.

"지금도 넌 도망가지. 하지만 나는 이제 더 이상 쫓지 않아. 그러니 우리는 서로 점점 더 멀어질 수밖에 없는 거지."

"도망간 적 없어. 네가 날 밀어냈을 뿐이야."

그가 항변하자 처녀 보살은 쓴웃음을 짓고는 고개를 절레절레 저었다. 그 모습이 그를 더욱 자극했다.

"내가 벽에 귀를 대고 다른 사람들 말을 엿듣게 된 이유가 뭐라고 생각해?"

처녀 보살은 이해가 안 된다는 표정으로 그를 바라보며 물었다.

"지금 나 때문이라는 거야?"

"당연하지. 네가 한 짓을 생각해 봐."

그는 불행한 과거를 떠올리기도 싫다는 듯이 몸서리를 치며 쏘아붙였다. 처녀 보살은 슬픈 표정만 지을 뿐 더 이상 아무 말도 하지 않았다. 그러자 그가 우울한 얼굴로 넋두리하듯 말했다.

"게다가 너는 언제나 벽 너머에 있는 사람 같았어."

"벽이라……."

처녀 보살은 흥미롭다는 듯이 그를 바라보았다. 그러고는 천천히 그에게 다가왔다. 갑작스러운 전개에 그는 조금 놀라서 자신도 모르게 몇 발짝 뒷걸음쳤다. 그럼에도 처녀 보살은 계속 그를 향해 똑바로 걸어왔다. 좁은 방이었기에 그는 이내 벽을 등지고 기대서야 했다. 두 사람이 입을 맞춰도 될 만큼 가까워지자 처녀 보살이 그의 가슴에 손을 대고는 말했다.

"여기, 벽."

아내의 꽃집이 보이는 건너편 도로에 차를 주차한 채 남자는 오랜 시간을 기다렸다. 인쇄소는 내일부터 정상적으로 출근하기로 했기에 오늘밤에는 시간이 없었다. 남자는 이미 심부름센터를 통해서 불륜의 증거뿐만 아니라 아내와 사귀고 있는 사내의 집 주소, 연락처까지 알고 있었다. 그럼에도 두 사람에게 곧바로 벌을 내리지 못한 채 망설였다.

남자는 근거 없는 허무한 바람, 즉 비이성적이고 기이한 기대에 빠져 있었다. 그것은 자신이 직접 확인하기 전까지는 심부름센터가 충실히 모아 온 증거가 어쩌면 조작된 것일 수도 있다는 허무한 의심이었다. 물론 마음 한구석에서는 자신의 고집이 일고의 가치도 없는 짓이며, 지금 상황에서 가장 밑바닥에 다다를 경험만 할 뿐이라는 점을 자각하고 있었다. 상처 난 자리에 피가 정말 나는지를 보려고 손으로 마구 긁는 것이나 마찬가지인 어리석은 행동이었다. 그럼에도 남자는 자신의 상처를 긁고 헤집는 일을 도저히 멈출 수가 없었다.

한참을 기다렸지만 남자는 아내의 꽃집을 찾는 사람을 한 명도 볼 수 없었다. 오늘은 글렀다고 생각하면서도 한편으로는 일말의 기대가 손바닥만 한 샘에서 물이 천천히 흘러나오듯 채워지는 기분을 감출 수가 없었다. 하지만 그런 안도는 한 호흡 정도를 편히 쉴 정도로 아주 잠깐 이어졌을 뿐이었다. 길 건너편에서 한 사내가 한산한 도로를 가로질러 아내의 꽃집으로 향하는 게 보였기 때문이다.

사내는 남자의 작은 샘에 거침없이 침을 뱉듯이 아주 익숙한 듯하면서도 조금은 급한 동작으로 꽃집 문을 열고 들어섰다. 사내를 발견한 아내는 조금 놀란 표정을 짓더니 이내 서로 포옹하고는 입을 맞추었다. 길가에 면한 창으로 행인들이 볼 수 있다는 사실도 전혀 개의치 않는 모습이었다. 남자는 참지 못하고 대시보드를 두 주먹으로 여러 번 내려쳤다. 그동안에도 꽃집 안의 두 남녀는 떨어질 기미를 보이지 않았다.

남자는 휴대전화를 꺼내 아내에게 전화를 걸었다. 그제야 아내는 사내에게서 떨어져 전화를 받으며 흘러내린 머리를 쓸어 올렸다. 남자는 그런 아내를 멀리서 바라보며 물었다.

"뭐 해?"

"그냥 있어."

남자의 아내는 다시 포옹하려고 접근하는 사내를 피해 멀찍이 떨어지라는 듯이 손을 내저었다. 차 안에서 남자는 아랫입술을 지그시 깨물며 그 광경을 지켜보았다.

"그냥 뭐하는데?"

"그냥 있어. 손님도 없고 해서 꽃꽂이나 해 놓을까 하고 다듬는 중이야."

"조만간 조화 주문이 갈 거야."

남자는 자기도 모르게 그렇게 말하고는 이내 손으로 입을 막았다. 어쩌려고 그런 말을 내뱉었는지 알 수 없었다. 하지만 다음 순간 남자의 머릿속에 기가 막힌 복수의 시나리오가 떠올랐다. 상상만으로도 너무나 짜릿해서 방금 전까지 겪어야 했던 고통이 이제는 하나하나 쾌감으로 온몸에 퍼지는 기분이었다. 남자의 아내는 그런 남자의 무시무시한 상상을 전혀 예상하지도 못한 채 심드렁하게 물었다.

"조화라니, 무슨 조화? 당신 아는 사람 중에 누가 필요하대?"

남자는 마음속으로 아내의 불륜 상대 이름을 조용히 떠올렸다. 당장에라도 사내의 이름을 말하고는 조화 만들 준비나 하라고 윽박지르고 싶었다. 하지만 꾹 참았다. 지금까지 참아왔던 온갖 고통에 비하면 지금은 참는 일이 그저 기쁨이었다.

"그냥. 조만간 죽을 사람이 있어서."

남자의 아내는 순간 온몸에 소름이 돋았다. 남편의 말속에는 불길하고도 무시무시한 암시가 담겨 있었다. 그녀는 본능적으로 자신의 연인을 쳐다보았다. 그러자 하릴없이 꽃집 안을 서성거리던 사내가 왜 그러느냐는 표정으로 그녀를 바라보았다. 남자의 아내는 불길한 생각을 떨쳐 버리려는 듯이 고개를 젓고는 창밖을 내다봤다. 건너편 길에 차 한 대가 서 있는 게 보였다. 다만 차창이 짙게 선팅되어 있어 차 안을 볼 수는 없었다.

반면 남자는 차창 밖이 생생히 잘 보였다. 일부러 동창생의 차량까지 빌려 왔던 남자는 오늘 끝을 볼 참이었다. 그러기 위해서는 저 두 사람이 마음 편히 밀회 장소로 향하도록 만들어야 했다. 남자는 일부러 피곤한 목소리로 말했다.

"오늘은 많이 늦을 것 같아. 먼저 저녁 먹어."

"몇 시에 끝날 것 같아?"

"자정 넘을지도 몰라. 그럼 끊을게."

남자는 그렇게 말하고는 전화를 끊고 꽃집을 살폈다. 남자의 아내가 휴대전화를 내려놓자 사내가 기다렸다는 듯이 다가와 등 뒤에서 끌어안았다. 이내 두 사람은 서로를 마주 보고는 입을 맞추며 포옹했다. 남자는 이를 갈며 묵묵히 참고 기다렸다.

그는 벽에 드러난 뿌리 형상에 오늘 갑자기 생겨난 사람의 얼굴 윤곽을 유심히 바라보았다. 그것은 밖으로 도드라진 게 아니라 석고 틀처럼 안으로 움푹 들어간 형태였다. 마치 말랑말랑한 진흙 벽에 누군가의 얼굴을 처박아서 본을 뜬 것 같은 모습이었다. 그는 무릎을 꿇고 앉아서 벽에 난 마스크 윤곽을 찬찬히 살펴보았다. 본능적으로 벽에 생긴 이 얼굴 윤곽이 다른 누구도 아닌 자신의 것이라는 사실을 알 수 있었다. 마스크 안쪽으로 얼굴을 완전히 들이밀지는 않았지만 눈대중만으로도 벽에 난 윤곽은 그의 얼굴에 꼭 맞을 게 분명해 보였다.

물론 그는 마스크에 얼굴을 대보는 짓은 하고 싶지 않았다. 그럼에도 벽에 난 얼굴 형상을 외면하지 못했다. 울룩불룩한 이 기이한 형상에서는 묘한 냄새와 소리까지 났다. 결국 참지 못한 그는 무릎걸음으로 천천히 벽에 가까이 다가갔다. 거의 마스크 코앞가지 다가갔지만 마지막 저항이라도 하듯이 양손을 벽에 대고 팔을 쭉 뻗었다. 하지만 이내 팔이 부들부들 떨렸다.

벽이 그를 빨아들이고 있었다.

그는 처음보다 독하고 진한 향수 냄새가 벽에서 확 풍겨오자 아찔해져서 눈을 감았다. 명확히 알아들을 수는 없지만 누군가가 말을 걸어오는 소리도 들렸다. 그는 결국 버티지 못하고 눈을 뜬 채 벽에 난 마스크를 바라보았다. 그러고는 자신도 모르게 천천히 얼굴을 가까이 가져갔다. 마스크 안쪽은 역시나 어두웠고 앞이 꽉 막힌 벽의 일부였다. 하지만 마스크에 얼굴이 완전히 밀착되는 순간, 갑자기 그의 눈에 환한 빛이 쏟아져 들어오고 콘크리트의 거친 느낌이 사라졌다. 귀로도 사람의 온갖 말소리와 각종 소음이 뒤섞여 파도가 쏟아지듯이 들려왔다. 그는 오감으로 밀려드는 수많은 자극에 정신을 잃을 지경이었다. 다행히 얼마 안 가 점점 자극이 잦아들었고 겨우 정신을 차릴 수 있었다.

문득 그는 자신이 마치 새처럼 두 방을 조감하듯 내려다보고 있다는 것을 깨달았다. 벽지나 침대를 비롯한 가구, 정수기 등을 보니 어느 모텔 방인 듯했다. 오른쪽 방에서는 남녀가 침대 위에서 뒤엉켜서 성교를 나누는 중이었다. 왼쪽 방에서는 또 다른 남자가 초라하게 구겨진 형상으로 고개를 숙인 채 벽을 등지고 주저앉아 있었다. 그러다가 남자는 벽을 향해 몸을 돌리더니 귀를 대고는 옆방을 엿듣기 시작했다. 어느 모로 보나 왼쪽 남자가 오른쪽 두 사람에게 버려진 모습이었다. 그는 문득 그들이 불쌍하다고 생각했다.

그 순간, 벽은 그를 완전히 빨아들였다.

그들의 마음속 생각이 그를 향한 방백처럼 머릿속으로 마구 밀려 들어왔다. 지겨워, 죽여 버리겠어, 오늘따라 힘드네, 이대로 그냥 죽을까, 사랑해요, 이제 슬슬 이 여자와도 끝내야겠는데, 최고야, 아, 힘들어, 좋아, 이제 그만······.

그는 헤드셋을 벗어 던지듯 얼른 벽 속에 처박았던 얼굴을 빼냈다. 다행히 그의 망상과 달리 벽에 난 구멍에 얼굴이 들러붙거나 하지는 않았다. 다만 너무도 쉽게 머리를 빼낸 것과 달리 한동안은 정신을 차릴 수 없었다. 환한 곳에 있다가 갑자기 어두운 곳에 던져진 것처럼 잠깐이었지만 아무것도 보이지 않았고, 진공 상태에 빠진 듯 들리지도 않았다. 머리가 띵했고 귀에 이명이 울렸다. 다행히도 점점 더 원래의 정상적인 감각이 돌아오기 시작했다. 그제야 그는 자신의 얼굴에서 약한 열감을 느꼈다.

처녀 보살은 여자의 얼굴을 찬찬히 살폈다. 여자 역시 차분한 표정으로 처녀 보살을 바라보았다. 두 사람은 서로를 관찰하는 중이라는 사실을 느끼면서도 노골적으로 상대를 살피는 일을 멈추지 않았다. 처녀 보살은 자신을 찾아온 여자가 항상 낮이고 밤이고 검은 선글라스를 쓰고 다니는 사내와 정분이 난 상대라는 사실을 알아차렸다. 그 외에는 알 수 있는 게 별로 없는, 미스터리한 여자였다. 여름에는 수면용 작은 귀마개를, 겨울에는 커다란 방한용 귀마개를 하고 다니는 검은 선글라스의 사내만큼이나 비밀이 많은 사람이었다.
여자 역시 맞은편에 앉은 처녀 보살에게서 비슷한 느낌을 받는 중이었다. 물론 남의 점을 봐주는 사람이라면 자신의 속마음을 내보이지 않는 게 어쩌면 영업상 가장 기본에 속하는 기술인지도 몰랐다. 그럼에도 여자는 자신을 바라보는 처녀 보살이 여느 무당보다 훨씬 더 비밀이 많고 속을 알 수 없다고 생각했다. 그만큼 입도 무거워 보였다.

"나를 벽에 붙은 거울이라 생각해요."

여자는 처녀 보살의 말에 되묻는 표정으로 말없이 바라보았다. 그러자 처녀 보살이 옅은 미소를 보이며 말했다.

"나는 당신 자신을 들여다보게 해 주는 거울이에요."

여자는 알아들었다는 뜻으로 고개를 끄덕였다.

"그리고 나는 당신이 내뱉지 못한 말을 말없이 들어 주는 벽이에요."

처녀 보살의 마지막 말은 묘하게 여자를 편안하게 해 주었다. 여자는 조심스럽게 상대의 눈치와 반응을 살펴 가며 자기 이야기를 꺼냈다. 처녀 보살은 여자로부터 누가 사내를 소개시켜 줬으며, 언제 처음 만나게 되었는지, 어디서 주로 데이트를 하는지, 두 사람이 만나면 무엇을 하는지, 어떻게 사내와 불륜 사이가 되었는지, 왜 여자는 사내를 계속 만나는지를 하나하나 남김없이 들었다. 여자는 점을 보거나 고민을 상담하기 위해서가 아니라 마치 처녀 보살에게 그간의 행적을 보고하기 위해서 온 것 같았다.

여자는 긴 이야기가 끝나고 나서야 마침내 자신의 고민을 털어놓을 마음이 생긴 듯했다. 하지만 그동안 미주알고주알 잘도 말하던 모습과는 달리 뜸을 들였다. 여자는 눈치를 살피며 한동안 망설이다가 불쑥 말했다.

"그 방 벽은 방음이 형편없었어요."

"방음이요?"

처녀 보살은 자기도 모르게 되물었다. 갑작스럽게 방음이 어떻다느니 하고 말하자 갈피를 잡을 수가 없었다.

"네, 방음이요."

"여기도 방음은 잘 안 돼요. 다만 희한하게 점을 보러 온 사람들이 하는 이야기가 밖으로 새어 나가는 경우는 거의 없죠."

"다행이네요. 왜 그럴까요?"

"왜 방음 이야기를 꺼냈어요?"

여자가 논점을 흐리려 하자 처녀 보살은 그대로 두지 않겠다는 듯이 캐물었다. 그러자 여자는 잠깐 망설이더니 이내 작게 한숨을 내쉬고는 처녀 보살을 바라보았다.

"방음이 안 되어서 옆방에 있던 남편의 숨소리까지 들을 수 있었거든요."

그러고는 여자는 신경질적으로 웃으며 말했다.

"하지만 방음이 잘되었다 해도 왠지 남편이 옆방에서 몰래 우리를 염탐하고 있다는 건 알 수 있었을 거예요. 사람의 살기란 게 정말 강하더라고요."

살기라는 말에 처녀 보살은 미간을 찌푸렸다. 여자는 이제 흥미롭다는 듯이 눈까지 빛냈다.

"근데 웃긴 건 모텔 프런트 직원이 나가려는 나를 붙잡고는 남편 이야기를 해 주는 거예요. 어찌나 친절한지. 아줌마 조심하세요, 라고 말해 주면서 말이죠. 이미 나는 다 알고 있었는데."

여자는 모텔 프런트의 남자를 떠올리며 쓴웃음을 지었다. 처녀 보살은 여자의 등 뒤에 서 있는 또 다른 여자를 바라보았다. 여자는 가슴 한가운데가 뻥 뚫린 채로 처녀 보살에게 끊임없이 교태 어린 표정을 지었다. 애정 결핍에 시달리는 사람이 자신의 등 뒤에 데리고 다니는 또 다른 자신 중에서도 아주 전형적인 모습이었다.

"남편이 뒤따라와서 굳이 우리가 투숙한 옆방을 내놓으라고 다그쳤다지 뭐예요. 그 사람 말로는 당장에라도 자기를 죽일 것만 같아서 방을 내줄 수밖에 없었대요."

처녀 보살은 여자의 뒤에 서 있는 또 다른 여자가 입술을 쭉 내밀며 그녀에게 키스를 날리는 모습을 말없이 바라보았다. 여자는 무의식중에 처녀 보살이 자신에게 관심과 애정을 보여 주기를 바라고 있었다. 처녀 보살은 다소 냉담한 어조로 말했다.

"그래서 나를 찾아온 용건이 뭔가요?"

여자는 처녀 보살이 말을 끊고 단도직입적으로 물어보자 다소 당황했다. 여자 뒤에 서 있는 또 다른 여자는 과장된 몸짓으로 가볍게 쥔 두 주먹으로 눈물을 닦는 시늉을 해 보였다. 모든 사람의 뒤에 서 있는 또 다른 자신은 대체로 과장되고 연극적으로 행동하기 마련이었지만 여자의 여자는 유독 그게 더 심했다.

잠시 생각에 잠겼던 여자는 어느 순간 무표정한 얼굴이 되었다. 갑작스러운 변화에 처녀 보살은 조금 놀라 눈을 크게 떴다. 여자는 이제 다분히 딱딱한 인형 같은 얼굴로 억지로 그려낸 듯 어색한 미소를 지으며 처녀 보살에게 물었다.

"남편이 나를 죽일 수 있을까요? 아니면 반대로 내가 남편을 죽일 수 있을까요?"

처녀 보살은 여자 뒤에 선 또 다른 여자의 가슴 구멍에서 누군가의 다섯 손가락이 불쑥 튀어나와 주위를 더듬는 것을 지켜보았다. 이내 다른 손이 튀어나와 신경질적으로 빠르게 건반을 움직이는 손가락들처럼 둥글게 뻥 뚫린 가슴 구멍 언저리를 더듬거렸다. 이내 세 번째 손이 불쑥 튀어나왔고 연이어 네 번째, 다섯 번째 손이 나와 가슴 구멍 주변을 마구 더듬으며 정신없이 움직였다. 가슴속 깊은 곳에 유폐시켜 두었던 수없이 많은 손이 달린 괴물이 밖으로 나오려는 중이었다.

처녀 보살은 손바닥으로 점상을 힘껏 내려치며 일갈했다.

"감히 여기가 어느 안전이라고 기어 나오려고 해."

여자는 처녀 보살의 기함에 깜짝 놀라 비로소 정신을 차린 표정으로 두 눈을 동그랗게 떴다. 그러고는 얼른 고개를 숙였다. 여자의 가슴 구멍에서 꾸물거리며 나오려던 수많은 손가락들도 다시금 블랙홀에 빨려들 듯 어둠 속으로 쑥 들어가 버렸다. 처녀 보살은 비로소 안심을 하고는 한숨을 푹 쉬었다. 그런 다음 여전히 근엄하지만 조금은 누그러진 얼굴로 여자에게 말했다.

"당신이나 당신 남편이 허튼짓하지 못하도록 부적을 써 줄 테니 가져가요."

처음 모텔 방을 조감하듯 바라본 날 이후 그는 한동안 벽을 외면했다. 심지어 며칠간 친구 집을 전전하기도 했다. 하지만 결국 그는 다시 자신의 반지하방으로 돌아왔고 일을 해야 했다. 검은 선글라스의 사내는 그에게 끊이지 않을 정도로 일을 간간이 주었고 덕분에 통장 잔고는 바닥이 드러날 듯 드러나지 않고 있었다.

그러던 어느 날, 그는 참지 못하고 다시금 벽에 손을 댔다. 그러자 기다렸다는 듯이 벽에 뿌리가 도드라지더니 한가운데 움푹 파인 사람의 얼굴 형상이 나타났다. 그는 마지막으로 잠시 주저하다가 이내 얼굴을 벽 속으로 들이밀었다. 그러고는 다시금 수많은 자극들이 쏟아져 들어오는 경험을 겪고 나서 어딘가 다른 장소를 내려다보았다.

얼마 안 가 그는 하루에도 서너 번은 벽에 얼굴을 처박게 되었다. 어떨 때는 거의 하루 종일 벽 속에 얼굴을 들이민 채 식사를 거르기도 했다. 그는 한 마리의 새처럼 자유롭게 어느 장소든 날아가서 누군가의 머리 위에서 내려다보는 경험을 뿌리칠 수 없었다. 그것은 마치 관찰하는 신이 된 느낌이었다. 이내 그는 벽과 얼굴을 '접속'해서 본 장소 중에서 몇몇 군데가 익숙하다는 점을 눈치챘다. 동네 인근의 놀이터와 그가 자주 가는 마트가 보였고, 한번은 그가 자주 산책하는 뒷골목도 나왔다.

그는 이내 자신이 내려다보는 장소가 바로 동네 주변이라는 것과 그가 보고 듣는 사람들 역시 이웃 주민들이라는 사실을 깨달았다. 그것은 그에게 일종의 힘이 주어졌음을 의미했다. 그가 직접 가 볼 수 있고, 만날 수도 있는 사람들을 내려다보는 것은 생전 처음 보는 낯선 장소와 사람들을 경험하는 것과는 차원이 다른 문제였다. 그는 자기 주변에 숨어 있거나 혹은 걸어 다니는 수많은 비밀과 거짓말에 직접 말을 걸고, 손을 뻗어 잡을 수도 있었다.

당장에 그는 오늘 밤이라도 단골 식당에 전화를 걸어 주인에게 당신의 아내가 정육점 남자와 바람을 피우고 있노라고 고발할 수 있었다. 식당 주인이 못 믿겠다며 그에게 화를 낸다면 왜 맞은편 정육점이 화요일 오전마다 셔터 문을 닫아 놓고 장사를 안 하는지 확인해 보라고 말하면 그만이었다. 그는 이미 몇 번이나 문을 닫은 정육점 안에서 식당 여자와 정육점 주인이 몸을 섞는 모습을 내려다본 적이 있었다. 동네 주민들 중 몇 명이 밤에 잠을 설치거나 알 수 없는 두통에 시달리기 시작한 것도 그즈음이었다.

이런 이유로 남자가 그의 반지하방으로 내려왔을 때, 그는 이미 자신의 능력에 도취되어 조금은 거만해져 있었다. 거만함은 종종 치명적인 급소가 되기 마련이었다. 다만 거만해졌을 때는 그러한 사실을 간과하기 십상이었다. 그 역시 마찬가지였다. 그나마 다행인 것은 남자가 그다지 야비하지는 않아서 그를 주먹으로 때려눕히는 정도에서 끝났다는 사실이었다. 그로서는 더 위험해지기 전에 입술이 터지는 선에서 정신을 차릴 수 있었기에 아무리 봐도 남는 장사를 한 셈이었다.

그는 남자가 찾아왔을 때, 자신이 도청하던 인물이 현관 앞에 서 있다는 사실을 믿을 수가 없었다. 평상시라면 그쯤에서 위험을 감지하고 즉각 방어적으로 굴었을 테지만 거만했던 그는 여유까지 부리며 남자에게 들어오라고 권했다. 남자는 의심스럽다는 듯이 주위를 두리번거리며 조심스럽게 신발을 벗고 안으로 들어섰다. 그는 남자를 집으로 들이긴 했지만 작업실을 보여 주는 일은 바람직하지 않다고 생각했다. 거만함과 자신감에 가득 차 있긴 했지만 그 정도의 분별은 아직 남아 있었다. 게다가 작업실은 너무 좁아서 두 사람이 마주 보고 앉기에도 부적절했다.

부엌의 식탁으로 안내한 그는 커피포트를 켜고는 남자에게 묻지도 않고 일회용 믹스 커피 두 개를 뜯어 종이컵에 각각 담았다. 남자는 그런 그의 행동이 마음에 들지 않아 미간을 찌푸리면서도 묵묵히 바라보기만 했다. 이내 커피포트의 물이 끓자 그는 종이컵에 적당히 붓고는 일회용 커피 봉지를 길쭉하게 접어 스푼 대신으로 휘휘 젓고는 남자에게 내밀었다. 남자는 일단 종이컵을 받아 들긴 했지만 바로 식탁 위에 내려놓았다. 그는 소리 내어 후후 불면서 맛있게 커피를 한 모금하고는 남자의 맞은편에 앉았다. 남자는 마치 커피 찌꺼기로 점이라도 치듯이 종이컵을 이리저리 기울여 보더니 이내 다시 제자리에 놓고는 그에게 말했다.

"혹시 내 아내를 녹음한 파일을 아직 갖고 있습니까?"

"무슨 말인지 잘 모르겠는데요."

그의 대답에 남자는 다시금 종이컵을 내려다보며 이리저리 기울였다. 그는 커피를 한 모금 마시며 남자의 행동을 흥미롭게 바라보았다. 남자는 다시 종이컵을 똑바로 내려놓더니 그를 바라보며 정색해서 말했다.

"당신이 내 아내의 꽃집 화분에 녹음기를 심었다는 걸 알고 있습니다."

"아까부터 무슨 말인지 잘 모르겠습니다만."

"그놈이 아내가 꽃집 문을 닫고 퇴근하면 당신을 불러들였다는 것도 알고 있죠."

남자는 그를 차분히 쳐다보았다. 어떤 분노도 느껴지지 않는 고요한 눈빛이었다. 그제야 그는 긴장했다. 남자는 이미 모든 것을 알고 찾아온 게 분명했다. 검은 선글라스의 동업자가 특별히 그에게 부탁해 여자의 꽃집 화분 몇 개에 녹음기를 심었다는 사실도, 그 화분 앞에서 일부러 사내가 여자와 몸을 섞었다는 것도, 그리고 그렇게 해서 녹음한 파일을 사내가 전리품처럼 보관하고 있으며 그중 일부는 조롱하듯이 남자에게 보냈다는 사실까지 알아차린 것이다.

본능이 그에게 마구 경고음을 날렸다. 그럼에도 그는 불과 며칠 전에 벽을 통해 이 남자를 내려다본 경험 탓에 지금도 마찬가지로 내려다보듯 하고 있었다. 남자는 쓴웃음을 지으며 고개를 설레설레 저었다. 그러고는 소리 나게 의자를 밀고 일어서더니 그에게로 다가왔다.

검은 선글라스의 사내는 수면용 귀마개를 꺼내 바지 주머니 속에 넣었다. 그러고는 묻는 얼굴로 그와 처녀 보살을 번갈아 바라보았다. 사내의 두 눈은 짙은 선글라스로 가려져 있었지만 두 사람은 사내가 지금 상황을 설명해 주기를 바란다는 사실쯤은 충분히 알 수 있었다. 그럼에도 쉽사리 입을 열 수가 없었다. 그러자 검은 선글라스의 사내는 어깨를 한 번 으쓱해 보였다.

"지금 나 귀마개 뺐어. 그건 당신들 이야기를 들을 준비가 되었다는 뜻이지."

"어서 와. 여기 앉아."

그는 사내에게 빈 의자를 가리켰다. 처녀 보살은 그동안 그들 앞에 놓여 있던 소독약이며 밴드 등을 치웠다. 그가 커피 포트에 물을 올리고 종이컵에 믹스 커피를 타는 동안 사내는 식탁 건너편에 앉아 있는 처녀 보살을 유심히 바라보았다. 그러자 처녀 보살이 아무것도 아니라는 듯 말했다.

"이 사람과는 예전에 사귀었어."

사내는 항복했다는 뜻으로 두 손바닥을 올려 보였다. 그는 종이컵에 담긴 커피를 사내에게 건네고는 처녀 보살 옆에 나란히 앉았다. 한동안 세 사람은 말없이 부엌 식탁에서 종이컵에 담긴 커피를 홀짝였다. 사내는 나란히 앉은 그와 처녀 보살을 번갈아 쳐다보았다. 그러다가 참지 못하고는 다 마신 종이컵을 손으로 구기며 물었다.

"이봐, 동업자. 내가 여기 이 무당 집 단골이라는 걸 알면서도 모른 척한 거야?"

그는 말없이 고개를 끄덕였다. 그러자 처녀 보살이 기가 차다는 표정으로 대꾸했다.

"무당의 이야기를 엿듣다가는 비명횡사할지도 모른다는 걸 알아야지."

사내는 처녀 보살을 검지로 가리키며 노려보더니 그대로 자신의 입에 대고 조용히 하라는 동작을 취했다.

그는 커피를 한 모금 마셨다. 희한하게도 그는 남자를 만났을 때와 달리 사내가 위협적으로 느껴지지 않았다. 그로서는 벽에 얼굴을 넣으면서 사내 역시 몇 번이나 내려다본 적이 있었다. 사내는 겉보기와 달리 아주 나약한 인물이었다. 그를 두들겨 팼던 남자는 물론이고 자신보다도 겁이 많았다. 목도리도마뱀이 목에 있는 얇은 막을 최대한 넓게 펼쳐 자신을 큰 동물로 위장하듯 사내는 거친 행동으로 늘 움츠려 있는 자신을 보호할 따름이었다. 그는 사내를 불쌍하다는 듯이 바라보며 말했다.

"이제 엿듣는 짓은 그만둬. 나도 그만둘 거야."

"나는 어디에나 귀가 달려 있어. 그게 나야. 다만 너는 그걸 조금 도왔을 뿐이고."

"네가 화분을 보내 준 덕분에 이 사람을 다시 만나게 됐지. 그건 고마워."

처녀 보살은 잠시 그를 바라보았다가 다시 사내를 쳐다보았다. 사내는 어깨를 으쓱해 보이며 말했다.

"고맙다면서도 너희 둘은 서로 알고 있다는 사실을 나한테

숨겼지. 둘이서 얼마나 뒤에서 키득거렸을지 안 봐도 뻔해."

"너는 어디든 귀가 달려 있다며? 그럼 우리가 굳이 말할 필요가 있었나."

그는 가소롭다는 듯이 사내에게 대꾸하고는 콧방귀를 뀌었다. 사내는 그런 그의 행동에 적잖이 충격을 받은 눈치였다. 처음 일을 시작했을 때부터 바로 얼마 전까지 그와 사내는 전형적인 상사와 부하 직원의 관계였다. 그런데 이제 그는 갑을 관계를 넘어 정말로 동업자처럼 굴고 있었다.

"이거 놀랍군. 대체 무슨 일이 벌어지고 있는 걸까."

사내는 웃으며 고개를 절레절레 저었다. 그는 그저 고요한 얼굴로 사내를 쳐다볼 뿐이었다. 한동안 두 남자는 서로를 마주 보며 아무 말도 하지 않았다. 결국 사내는 고개를 돌려 부엌 여기저기를 바라보며 말했다.

"여전히 여기는 습하군. 물이 있어서 더 그런 것 같아. 내 사주에 물은 안 좋다던데. 당신 생각은 어때?"

"당신은 물보다 여자를 조심해야 해."

처녀 보살은 사내의 뒤에 서 있는 또 다른 사내를 쳐다보았다. 사내의 사내는 처녀 보살을 당장에라도 잡아먹을 것처럼 입을 쩍 벌리더니 혀를 날름 내밀었다.

"안 그래도 여자 이야기가 나와서 말인데. 이봐, 동업자."

그는 사내를 쳐다보며 말하라는 듯이 가만히 기다렸다. 사내는 뭔가 말을 하려고 입을 벌렸다가 이내 다물어 버렸다. 처녀 보살은 당황하고 있는 사내를 한심하다는 듯이 바라보았다. 사내는 몇 번이나 말하려다 말고 입을 다물었다가 겨우 할 말을 찾아낸 표정으로 답답해하며 말했다.

"대체 왜 그 아저씨에게 모든 걸 이야기한 거야? 덕분에 아침부터 아저씨한테서 협박을 받아야 했다고."

"그 사람이 나를 때렸거든."

"때렸다고?"

사내는 어이가 없다는 표정을 지었다.

"때렸다고 술술 불었단 말이지?"

그는 고개를 끄덕였다. 그러고는 사내를 바라보았다. 사내는 여전히 영문을 모르겠다는 표정을 지었다.

"싸운 게 아니라 일방적으로 맞았어. 당연히 누가 때린다고 일방적으로 맞을 나이는 아니지. 그런데 도무지 싸울 수가 없더라고. 왜 그런 것 같아?"

사내가 비난하는 눈빛으로 가만히 쳐다보자 그가 담담히 덧붙였다.

"맞을 만했기에 맞은 거야. 맞는 순간 깨달았지. 아, 이건 내가 맞을 만하니 맞을 수밖에 없구나. 내가 이 사람을 상대로 때릴 순 없구나. 왜 그런 줄 알아?"

"맞은 사람치고 혓바닥 짧은 사람은 없지."

"이미 내가 그전에 그 사람을 때렸거든. 주먹만 쓰지 않았을 뿐이지. 그러니 그나마 속죄할 길은 맞는 방법밖에 없었어. 그러니 너도 때리면 맞아."

남자는 불 꺼진 거실에 가만히 앉아 아내를 기다렸다. 과연 아내가 변함없이 집으로 돌아올지 궁금했다. 마지막까지 배달할 주소를 알려 주지 않고 조화를 만들게 한 짓은 자신이 생각해도 치졸한 행동이 분명했다. 그럼에도 덕분에 조금이나마 분이 풀린 것도 사실이었다. 남자는 그런 비열하고 저급한 음모에 당하는 정도의 일은 아내 입장에서는 당연히 받아들여야 할 업보라 생각했다.

아내가 마침내 조화를 완성하고 그에게 전화를 걸어 배달할 주소를 물었을 때, 남자는 마지막으로 망설였다. 이대로 그냥 아무 병원의 장례식장 주소로 둘러댈 수도 있었다. 그럼에도 남자는 결국 아내가 만나는 사내의 집 주소를 불러 주었다. 조화를 보낼 주소와 받을 사람의 연락처를 듣고서 아내는 한동안 아무 말도 하지 않았다. 두 사람 사이에 숨소리만 전달될 뿐이었다. 하지만 남자는 그 숨소리만으로도 아내가 얼마나 분노하고 당황하고 또한 생각에 잠겼는지를 알 수 있었다. 남자의 아내는 현명하게도 말없이 전화를 끊었다.

이제 남자는 거실에서 기다리는 일만이 남아 있었다. 남자가 선택할 수 있는 것이라고는 거실에 불을 켤 것인가, 아니면 이대로 꺼 둘 것인가 정도였다. 그 외에 공은 아내에게 넘어가 있었다. 아내가 다시 그에게 공을 넘기면 서로 힘들고 지난하지만 게임은 계속될 터였다. 하지만 남자의 아내가 그대로 공을 터트려 버릴 수도 있었다. 최악의 경우 아내는 공 대신 자신의 심장을 뽑아 남자에게 던질지도 몰랐다. 남자는 그것도 그것대로 나쁘지 않겠다고 여겼다. 어쩌면 남자가 만든 조화는 사내나 아내의 것이 아니라 자신에게 마지막으로 남아 있다가 죽어 버린 자비를 기리기 위한 것이었는지도 몰랐다.

갑자기 들려온 휴대전화의 진동음이 어둠을 미세하게 흔들었다. 남자는 휴대전화를 들어 걸려온 번호를 확인했다. 처음 보는 낯선 번호였다. 남자가 받을지를 놓고 망설이는 사이 전화는 이내 끊겨 버렸다. 잘못 걸려온 전화라고 생각하면 그만이었지만 일을 저지르고 난 뒤여서 그런지 모든 게 예사롭지 않았다. 그때 어디선가 묘한 소리가 들렸다. 남자는 소리가 나는 쪽을 향해 귀를 기울였다. 분명 침실에서 누군가 기분 나쁘게 속삭이고 있었다.

남자는 주저 없이 소파에서 일어나 침실로 가서 살며시 문을 열었다. 그러고는 이내 벽에 난 커다란 귀를 보았다. 그것은 마치 유명한 조각 작품처럼 당당히 침대의 머리판 위로 삼십 센티미터쯤 떨어진 자리에 매달려 있었다. 남자는 마치 이

끌리듯이 귀를 향해 다가갔다. 그것은 진짜 귀가 아니었다. 귀 모양의 조각으로 마치 시멘트를 부어 만든 것 같았다. 남자는 조심스럽게 귀 조각을 손으로 만져 보았다. 역시나 거친 시멘트의 질감이 느껴졌다.

그때 귀 조각상에서 누군가의 목소리가 들려왔다. 속삭이듯 작은 소리였지만 남자는 그것이 아내의 목소리라는 것을 금세 알아차렸다. 십 년 넘게 들어온 아내의 목소리를 구분하지 못할 리 없었던 것이다. 남자는 벽에 난 귀에 자신의 귀를 천천히 갖다 댔다. 그러자 아내와 사내의 목소리가 훨씬 더 똑똑히 들렸다. 동시에 남자는 누군가와 자신의 귀가 연결되었다는 사실을 깨달았다.

변함없이 벽에 얼굴을 들이밀고 있었던 그는 갑자기 자신이 내려다보던 장소에서 아무것도 들리지 않자 조금 당황했다. 마치 헤드셋을 듣고 동영상을 시청 중인데 누군가 음량을 조절해 볼륨을 0으로 만들어 버린 듯했다. 대신 그는 누군가가 자신과 연결되었다는 사실을 깨달았다. 그리고 이내 그 대상이 며칠 전에 찾아온 남자라는 것도 금세 알아차렸다. 다행히 소리가 조금씩 다시 들려왔다. 볼륨을 완전히 꺼 버렸다가 서서히 높이는 것처럼 시간이 지나자 점점 더 또렷하게 내려다보고 있는 풍경의 소리가 들렸다. 이내 그는 이 모든 광경 중에서 소리를 남자와 공유하고 있다는 사실을 깨달았다.

그때 그가 내려다보고 있던 남자의 아내와 사내가 갑자기 두 귀를 틀어막으며 주저앉아 버렸다. 남자는 그와 단순히 청각만을 공유하는 게 아니라 귀와 관계된 어떤 능력도 갖게 된 모양이었다. 동시에 두 사람은 그가 일종의 스위치란 사실도 깨달았다. 그가 벽에 난 마스크에 얼굴을 들이밀어야만 남자 역시 내려다보고 있는 지금 광경의 소리를 들을 수 있었고, 상대의 귀에 어떤 조작을 할 수 있었다. 하지만 그가 마스크에서 얼굴을 떼는 순간 남자 역시 접속이 끊길 게 분명했다.

그와 남자는 그 외에도 많은 것들을 서로 알 수 있었다. 그들은 벽에 난 마스크와 귀로 연결되어 있었기 때문이다. 그는 시험 삼아 남자에게 말을 걸어 보기로 했다. 하지만 이내 남자가 귀에서 떨어졌다는 사실을 깨달았다. 남자가 접속을 끊은 것이다. 그 역시 천천히 마스크에서 얼굴을 떼어 냈다. 그러고도 그는 벽에 나 있는 얼굴 마스크를 한참 동안 바라보았다. 남자의 벽에도 지금 그가 보는 것과 비슷한 마스크나 혹은 그 무언가가 생겨나 있을 게 분명했다.

이것은 분명 작은 시작에 불과할 터였다. 어딘가 다른 곳에 그의 마스크와 접속할 수 있는 무언가가 더 생겨날 수 있었다. 그는 반드시 그러하리라 예감했다. 뿌리는 뻗어 나가며 땅속에 박혀 있는 것과 비슷한 상황에 처한 사람들을 찾아내 단단히 그러쥐고 옭아맬 터였다. 그리고 그렇게 연결된 사람들만이 공유하는 새로운 세계가 생겨나려 하고 있었다.

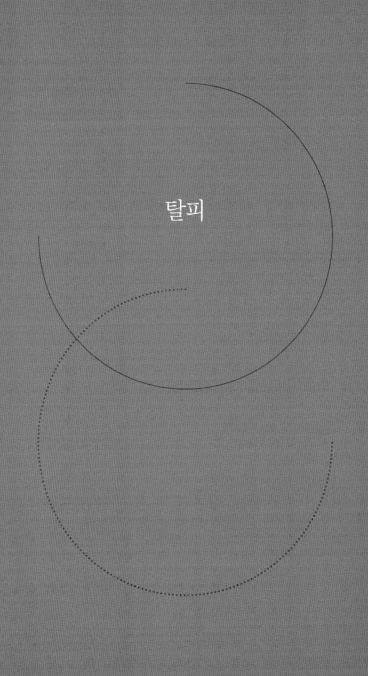

탈피

그것은 덩어리였다. 좀 더 구체적으로 말하자면, 혐오스럽지만 애처로운 덩어리였다. 그는 노트북 화면 속의 덩어리를 멍하니 바라보았다. 영상이 전체적으로 어두워 지금 촬영하는 장소가 어딘지는 정확히 알 수 없었지만 사무실인 것은 분명했다. 촬영자는 연신 떨리는 목소리로 속삭이듯이 지금 찍고 있는 영상이 절대 연출이 아닌 실재라고 거듭 강조했다.

하지만 흥분된 목소리로 몇 번이나 강조한 탓에 오히려 더 의심스러웠다. 이런 생각은 비단 그만 하는 게 아닌 모양인지 인터넷 방송에 접속한 사람들 가운데 일부는 시시한 장난이나 눈속임 정도로 여기고 욕을 해 대며 나가 버렸다. 덕분에 원래부터 몇 명 있지 않던 인터넷 방송 접속자 수는 한 자리 단위로 떨어졌다. 그나마 남아 있는 사람들도 심드렁했다.

사실 그도 처음에는 바로 나갈 생각이었다. 이제 막 퇴근하고 돌아와 머리도 멍한 데다 온몸이 피곤한 상황에서 불쾌한 기분만 들게 하는 이런 영상을 보고 싶지는 않았다. 하지만 어찌 된 영문인지 한번 보기 시작한 후로는 방송을 그만 보고 싶어도 도저히 그럴 수 없었다.

전체적으로 영상이나 음질 모두 조악하기 그지없었지만 흔들리는 화면 속에서 가끔씩 비춰지는 덩어리가 징그럽다는 사실만큼은 충분히 알 수 있었다. 붉은 근육과 흰 지방질이 뒤섞인 덩어리는 이목구비가 구분되지 않았지만 사람 형상과 닮아 있었다. 이 물건에 유일하게도 양팔이 돌출되어 있었기 때문이다. 물론 양팔이라 보이는 물건도 덩어리이긴 마찬가지였지만 손목과 팔꿈치가 분명히 구분되었고 심지어 열 개의 손가락도 제대로 달려 있었다. 사람을 거대한 믹서에 넣고 갈아 반죽으로 만든 다음 위아래로 대여섯 번 흔들고는 땅바닥에 던져놓은 것 같은 형상임에도 두 팔만은 거의 온전한 모습으로 남아 있다는 게 신기할 따름이었다.

덩어리의 존재가 무엇인지는 알 수 없었지만 전에 무엇이 있었는지는 알 수 있었다. 그는 덩어리에게 달라붙어 있는 유일한 천 조각인 넥타이를 바라보았다. 넥타이 덕분에 덩어리는 그나마 머리와 몸통이 구분되었다. 몸 여기저기에는 볼펜이며 키보드 같은 게 부러진 창처럼 꽂혀 있었다. 키보드와 마우스에 달려 있던 줄이 덩어리가 움직일 때마다 볼품없는 꼬리처럼 흔들거렸다.

인터넷 방송을 보고 있던 누군가가 채팅 창에다 "저 몰골을 하고도 야근을 하네."라고 글을 올렸다. 덩어리는 꾸물꾸물 힘겹게 기어가 자리에 앉더니 컴퓨터를 켜고는 정말로 일하기 시작했다. 캄캄한 사무실에서 컴퓨터 모니터의 불빛이 책상 주변을 비추자 그는 놀라서 자신도 모르게 자리에서 벌떡 일어섰다. 덩어리가 앉은 자리는 불과 한 시간 전까지 야근을 하던 그의 책상이었다. 인터넷 방송 진행자가 좀 더 클로즈업해서 비춘 화면에 그가 모니터 주위에 써 붙여 두었던 빼곡한 메모들이 잠깐 비쳤다. 그의 글씨가 분명했다.

흉측한 덩어리가 기대와 달리 시시해 보이자 방송을 보던 몇 명이 더 나갔다. 그는 심드렁하게 방송의 접속을 끊을 수 있는 사람들이 부러웠다. 그들과 달리 그는 끝까지 이 방송을 지켜봐야 하는 처지였다. 덩어리가 앉아서 꾸물거리는 자리가 바로 그의 자리였기 때문이다. 가벼운 두통에 그는 마른세수를 하고 나서 손으로 턱을 쓰다듬었다. 면도를 제대로 하지 못해 까끌까끌한 수염이 묘하게 그의 신경을 자극했다.

그 덕분에 겨우 노트북에서 눈을 떼고는 화장실로 가서 세수를 할 수 있었다. 거울을 쳐다보니 너무나도 낯선 사내가 그를 멍하니 바라보고 있었다. 이게 정말 자신의 얼굴인가 싶어 그는 손으로 여기저기를 만져 보았다. 주말도 반납한 채 거의 한 달 가까이 야근한 탓에 얼굴은 수척하다 못해 주름지고 쪼그라드는 모습이었다. 정말이지 기분 나쁜 방송만 이어지는 불쾌한 밤이었다.

갈증을 느낀 그는 부엌으로 가 냉장고에서 물병을 꺼내 그대로 입에 대고 마셨다. 목구멍으로 물을 넘기면서도 묘한 느낌에 인상이 찌푸려졌다. 물은 식도를 타고 넘어간다기보다 그냥 그의 몸속으로 '떨어졌다'. 그는 자신의 몸이 텅 빈 느낌에 소름이 돋았다. 게다가 방광 부근에 떨어진 물이 고여 있는 느낌까지 생생했다. 설마, 했다가 그는 피식 웃었다. 너무도 어이없는 상상이었다. 그럼에도 식탁 위에 놓인 노트북을 통해서 여전히 꾸물거리며 일을 하고 있는 덩어리를 바라볼 수밖에 없었다. 가만 보니 어쩐지 자신과 닮아 보였다.

그는 미쳐 가는 건지도 모른다고 생각하면서도 참을 수 없는 충동으로 커터 칼을 들고 노트북 앞에 섰다. 그러고는 칼로 자신의 엄지를 살짝 그어 보았다. 피가 나는 대신 공기 같은 게 빠져나가며 상처가 난 주위가 쭈글쭈글해지기 시작했다. 동시에 모니터에 비춰지고 있던 덩어리의 몸에서 피가 흐르는 게 보였다. 그동안 그의 엄지는 점점 더 쭈그러들었다.

놀라서 잠시 동안 사고가 정지되었던 그는 그제야 정신을 차리고는 얼른 다른 손가락으로 베인 자리를 막고 서랍장으로 뛰어가 밴드를 찾았다. 하지만 아무리 찾아도 밴드는 보이지 않았다. 급한 김에 밴드 대신 찾아낸 스카치테이프로 겨우 상처를 봉할 수 있었다. 다행히 더 이상 공기 같은 게 빠져나가지는 않았지만 엄지는 이미 쭈글쭈글해져 납작해진 채로 원래 모습으로 돌아오지 않았다. 공기가 새는 게 멈추자 모니터 속 덩어리도 더 이상 피를 흘리지 않았고 평정심을 되찾은 듯했다.

결국 그는 자신 안에 들어 있던 '내용물' 전체가 저 덩어리라는 사실을 받아들였다. 이 와중에도 모니터 속에 등장한 그의 일부는 여전히 일하는 중이었다. 그는 이왕 이렇게 된 이상 자신의 피부에 둘러싸여 있던 저것이 한 달째 이어지던 잔업을 마저 다 끝내 줬으면 좋겠다고 생각했다.

맹점과

외줄

1.

언제나 그들을 제일 처음 맞이하는 것은 냄새였다. 냄새는 이미 건물 전체를 감싸고 현관 앞까지 점령한 뒤였다. 몸이 안 좋은지 기침을 해 대던 김 부장은 이내 인상을 찌푸렸다. 탈취 마스크를 쓴 데다 감기까지 걸려 냄새를 잘 맡지 못하게 되었는데도 악취는 막을 수 없었다.

그는 슬쩍 고개를 돌려 뒤에 있던 김 대리를 바라보았다. 그녀는 쭈그리고 앉아서 묵묵히 작업 도구들을 점검하는 중이었다. 그는 어떤 일에도 흔들림 없이 맡은 바 일을 해내는 김 대리가 대단하다고 생각했다. 단순히 김 부장의 추측처럼 그녀가 선천적으로 냄새를 못 맡는다거나 하는 차원으로 설명할 수 없는 부분이었다. 그가 보기에 김 대리의 냉정함과 침착함은 빗자루나 쓰레받기가 청소를 위해 만들어졌듯 이 일을 위해 타고난 듯 보였다.

시선을 느낀 김 대리가 고개를 들어 왜 그렇게 쳐다보는지 묻는 표정으로 그를 올려다보았다. 그는 얼른 고개를 돌려 김 부장에게 작업할 집이 몇 호인지를 물었다. 김 부장은 미간을 찌푸리며 3층이라고 짧게 내뱉었다. 현관으로 들어서던 그는 김 부장이 오늘따라 더 짜증스러워하는 이유를 금세 알아차렸다. 그들이 들어선 빌라에 엘리베이터가 없었던 것이다. 결국 계단을 오르내리며 작업 현장의 쓰레기들을 치워야 할 판이었다.

게다가 기온은 연일 최고치를 경신하고 있었다. 김 부장은 요 며칠 자신의 주식은 푸른색을 띠며 영하의 수은주처럼 곤두박질치는데 기온만 연일 상한가라며 자주 투덜거렸다. 고독사 현장이 아니라는 게 그나마 다행이었다. 만약 그랬다면 작업 기간이나 작업 양이 어마어마하게 늘었을 터였다. 단순히 집 안에 쌓인 쓰레기를 치우는 정도의 일이라면 오늘 중으로 모두 끝날 수도 있었다. 하지만 힘겹게 청소 도구들을 나눠서 짊어지고 3층 현장에 도착한 일행은 현관문 앞에서부터 불길한 예감에 사로잡혔다.

문을 열자마자 드러난 집 안 모습에 세 사람은 순간적으로 숨을 멈추었다. 본능적으로 숨을 참아야 할 만큼 집 안에 쌓인 쓰레기들은 어마어마했고 치명적인 질병이나 세균이 곳곳에서 자라고 있다고 해도 될 정도였다. 파리나 구더기, 바퀴벌레 등은 예상했지만 이 정도의 양이라면 쥐가 살고 있다고 해도 이상하지 않을 정도였다. 김 부장이 고개를 설레설레 저으며 말했다.

"만약 인류가 전염병으로 멸망한다면 여기가 그 시발점일 거야. 우리는 첫 번째 감염자로 역사에 남겠지."

"그럼 인류를 얼른 구해야겠네요."

김 대리가 시큰둥한 표정으로 집 안으로 들어서자 김 부장 역시 못마땅한 얼굴로 쓰레기를 치우는 일을 시작했다. 세 사람은 한동안 묵묵히 쓰레기봉투에 쓰레기들을 담아 현관 밖에 내놓았다. 일단 가로막은 쓰레기들을 치워 집 안으로 들어갈 수 있는 통로를 마련하는 데만도 시간이 꽤 걸렸다. 그가 보기에 이 집에 살았던 여자는 저장 강박증을 앓았던 게 분명했다. 단순히 게으르거나 무기력해서 쓰레기를 방치한 것으로 보기에는 주워 온 것으로 보이는 부서진 자전거나 일인용 소파 같은 것들이 계속 나타났다. 작업을 의뢰한 집주인이 학을 떼며 욕을 내뱉었던 것도 어느 정도 이해가 되었다.

"별의별 게 다 튀어나오네. 여기에 시체가 나온다고 해도 이상하지 않겠다."

그는 김 부장의 투덜거림이 불길하게 느껴졌다. 아니나 다를까 그 말이 끝나기가 무섭게 김 대리가 무표정한 얼굴로 두 사람을 불렀다. 쓰레기더미들 아래에 고양이 발 일부가 드러나 있었다. 그가 조심해서 쓰레기들을 치우자 아니나 다를까 죽은 고양이가 나왔다. 반쯤 썩어 문드러져서 진물마저 말라붙은 것으로 보아 죽은 지 오래된 게 분명했다. 고양이 시체를 드러내자 장판에 검게 변색된 부위가 보였다. 그는 김 부장을 보고 걱정스러운 얼굴로 말했다.

"이거 잘못하면 장판 들어내는 정도가 아니라 바닥 시멘트까지 벗겨 내야 할 것 같은데요."

"네가 보기에도 밑에까지 스며들었을 것 같지?"

김 부장의 물음에 그는 말없이 고개를 끄덕였다. 두 사람은 더 이상 죽은 동물이 나오지 않기를 바랄 뿐이었다. 잘못했다간 바닥 전체를 들어내고 다시 시공해야 할지도 몰랐다. 김 대리는 그와 김 부장이 걱정하거나 말거나 묵묵히 쓰레기를 치우는 일에만 전념했다. 그 모습을 본 김 부장이 그의 어깨를 가볍게 툭 치더니 그녀를 가리키며 말했다.

"마치 로봇 청소기 같지 않나?"

청소는 점심시간이 지나고 나서도 계속되었다. 세 사람은 묵묵히 밥을 먹고 자판기 커피를 마신 다음 담배까지 같이 모여 피우고 나서 다시 현장으로 돌아왔다. 여느 때와 다름없는 점심이었다. 아무리 악취가 심하고 고개를 돌리고 싶은 공간에 있었더라도 오후를 위해서는 밥을 먹어야 했다. 그는 점심을 먹을 때마다 사람의 적응력이 얼마나 뛰어난지를 자각했다.

그가 이 일을 막 시작하던 무렵에는 쉽사리 밥을 먹을 수 없었다. 특유의 악취가 코끝에 계속 맴돌았고 음식을 보고 있자면 불과 몇 분 전에 보았던 부패의 현장이 떠올랐다. 지금은 외면하고 싶은 현장 속에 있으면서도 가끔씩 점심으로 뭘 먹을지를 고민할 수 있을 정도로 면역이 되어 있었다. 심지어 김 부장은 점심을 먹은 지 한 시간도 채 지나지 않아 저녁에 어디로 가서 술 한잔할지를 심각하게 고민하며 그에게 말을 건네는 중이었다. 매번 현장에 들어서는 첫날이면 다 같이 저녁에 술자리를 갖는 게 그들 사이의 불문율이었다.

"근데 희한하게 쓰레기들이 대부분 쓰레기봉투에 담겨 있어서 편하긴 하네."

김 부장이 구정물이 질질 흘러내리는 오래된 쓰레기봉투를 들어 올리며 말했다. 그가 보기에도 쓰레기봉투 채로 집 안 곳곳에 방치해 놓았다는 게 조금 특이했다. 쓰레기봉투를 사용하더라도 얼마 지나지 않아 방치하는 게 일반적이었다. 하지만 지금처럼 어질러진 쓰레기는 거의 눈에 띄지 않고 차곡차곡 쓰레기봉투에 담아서 그대로 집 안에 쌓아 두는 경우는 드물었다.

쓰레기봉투에 쓰레기를 담아서 묶을 정도의 정성이라면 그걸 집 밖으로 내놓는 것은 일도 아니었을 것이다. 어쩌면 쓰레기를 버리려고 모았다가도 차마 버릴 수가 없었던 것일 수도 있었다. 그가 보기에 이 집에서 살던 여자는 버리려고 쓰레기봉투에 담은 행동과 버리지 못하는 저장 욕구 사이에서 계속 갈팡질팡한 듯했다. 어쨌든 그들로서는 별도로 쓰레기를 모을 필요 없이 봉투째로 내가기만 하면 되었기에 일이 한결 수월하게 진행되었다.

책상 위를 치우고 있던 김 대리가 여자의 것으로 보이는 책을 들어 보이며 그에게 물었다.

"유품은 어떻게 하죠?"

유품은 수령자가 나타날 때까지 일정 기간 동안 보관하는 게 원칙이었다. 게다가 이 집에 세 들어 살던 여자는 공식적으로 아직 죽은 게 아니었고 그저 실종 상태였기에 더더욱 잘 챙겨 두어야 했다. 가능성은 희박하지만 여자가 물건을 찾으러 올 수도 있었다. 그는 김 대리에게 짤막하게 말했다.

"아직은 유품이 아니에요. 일단 잘 챙겨 둬요."

캔맥주를 홀짝이던 그는 오늘 보았던 여자의 집을 떠올렸다. 그러고는 휑뎅그렁한 자신의 거실을 둘러보았다. 그다지 넓지 않은 집이었지만 살림살이가 워낙 없다 보니 원래 평수보다 더 넓고 텅 빈 느낌이었다. 그나마 침실에는 침대며 옷장이라도 있었지만 거실에는 낮고 긴 장식장과 바닥에 놓인 작은 스탠드 하나, 텔레비전이 전부였다. 그나마 텔레비전은 오랫동안 켜지 않아서 먼지가 수북이 내려 앉아 있었다. 그 외에는 정말이지 아무것도 없었다. 당연히 소파 따위도 없어서 그는 캔맥주를 마실 때마다 벽에 기대어 앉아 홀짝이곤 했다.

그는 자주 거실 불을 대신해 작은 스탠드를 켜 놓고 저녁으로 맥주와 마른안주를 먹으며 멍하니 머릿속을 비웠다. 그러다가 마침내 텅 빈 느낌으로 자신이 채워지면 그대로 대충 누워 잠들었다. 하루 종일 온갖 쓰레기들과 씨름을 하다가 돌아오면 그렇게 비워야만 몸이 개운해지고 비로소 잠을 잘 수 있었다. 그의 집이 거의 텅 비어 있다시피 한 이유도 그 때문이었다. 하지만 그는 오늘따라 쉽게 잠이 오지 않았다. 그사이 빈 캔들이 하나둘씩 쌓여서 이제는 제법 남자 독신자 집에 어울릴 법한 풍경을 연상시켰지만 정신은 오히려 더 또렷해지는 기분이었다.

그는 스탠드 옆에 얌전히 놓여 있는 일기장을 내려다보며 역시나 가져오지 말았어야 했다고 생각했다. 청소할 집에서 그다지 값어치가 나가지 않아 보이는 물품을 하나씩 가져오는 게 그의 버릇이었다. 그는 그렇게 김 대리의 묵인하에 김 부장 몰래 가져온 것들을 낮고 긴 장식장 위에다 올려놓았다.

사실 누군가로부터 버려진 장소에 있던 물건을 가지고 온다는 게 꺼림칙한 일이긴 했다. 그럼에도 그는 이 습관을 고칠 수가 없었다. 이 일기장을 발견했을 때도 그는 참을 수가 없었다. 게다가 일기장 표지에는 '제발 여기에 쓴 글을 읽어 주세요.'라고 쓰여 있기까지 했다. 일기장을 챙기던 그는 김 대리와 눈이 마주쳤지만 시선을 회피한 채 모른 척했다. 다행히 김 대리 역시 아무 말도 하지 않았다.

하지만 집에 와서 여자의 일기를 읽다가 그는 자신의 쓸데없는 호기심과 수집욕을 여러 번 후회했다. 보통 일기장이라면 이렇게 대놓고 누군가더러 읽으라고 써 놓을 리가 없다는 사실을 그는 간과하고 만 것이다. 버젓이 펼쳐 놓은 노골적인 함정에 걸려든 셈이었다. 그는 일기장의 내용을 떠올렸다. 집 안을 온통 쓰레기로 가득 채운 여자는 일기장에다 어디까지 믿어야 할지 모를 이야기를 잔뜩 써 놓고는 사라졌다. 아니, 그녀의 말대로라면 더 이상 사람들의 눈에 보이지 않게 되었다. 그는 캔맥주를 홀짝이며 불길한 일기장을 다시 펼쳐 읽었다.

2.

여자에게서 처음 이상한 일이 생긴 것은 면접장에서였다. 여자는 그날 아침의 거의 모든 것을 생생히 떠올릴 수 있었다.

잠에서 막 깨어났을 때 느껴지던 공기와 소리, 온도, 그 밖의 세세한 모든 것들이 여자를 아무 이유 없이 기쁘게 만들었다. 여자는 침대에서 기지개를 켜며 오래간만에 느끼는 숙면 뒤의 기분 좋은 나른함을 즐겼다. 마치 미뤄 두었던 휴가를 얻어 그토록 가고 싶었던 여행지에서 첫날을 맞이하는 기분이었다. 평상시 같으면 긴장으로 눈을 떴을 면접 당일 아침이 이렇게 느긋하게 여겨지긴 처음이었다.

가능하다면 여자는 좀 더 이불 속에서 아침의 평온함에 몸을 부비고 싶었지만 결국 일어났다. 허기졌기 때문이다. 배고픔은 평온함을 뒤흔들 정도는 아니었지만 독이 천천히 퍼지듯 고양된 기분을 가라앉히고 딱딱하고 차가운 현실을 불러일으키기에는 충분했다. 부엌으로 간 여자는 간단하게 토스트를 만들어 먹고는 혹시 오늘 오후에 있을 면접에 질문으로 나올지도 모른다는 생각에 거실로 가서 텔레비전 뉴스 프로그램을 틀었다.

하지만 텔레비전에서는 아나운서가 보이지 않고 목소리만 들려왔다. 여자는 방송사고가 일어났다고 생각했다. 이 일로 누군가 시말서를 쓰거나 심하면 잘리겠구나 하는 생각에 여자는 마음속으로 혀를 찼다. 하지만 보통의 방송 사고라면 대기 화면으로 넘어가거나 곧 수습했을 텐데 웬일인지 계속해서 소리만 들려왔다. 심지어 취재 화면으로 넘어갔을 때도 기자의 모습이 보이지 않았다.

급기야 여자는 텔레비전에 문제가 있는 건 아닐까 생각했다. 결국 여자는 텔레비전을 꺼 버리고 컴퓨터를 켰다. 다행히 컴퓨터로 인터넷에 접속했을 때는 문제가 없었다. 뉴스 기사를 클릭해도 정상적으로 사람의 모습이 보였고 아무것도 달라진 게 없었다. 여자는 텔레비전 수리비가 얼마나 나올지 걱정하면서도 그나마 컴퓨터라도 온전해서 다행이라 여겼다.

오후 면접을 위해 외출했을 때도 여자를 둘러싼 세상은 어제와 크게 달라져 있지 않았다. 게다가 이미 그때쯤엔 아침에 겪었던 기이한 경험 따위는 잊고 있었다. 눈앞에 닥친 면접에 온 신경을 썼기 때문이다. 면접 대기실에서 여러 사람들과 나란히 앉아 있을 때까지만 해도 여자는 앞으로 혼자 남겨지게 될지도 모른다는 생각을 추호도 하지 않았다. 번호가 불리고 여러 사람과 함께 면접실로 들어가 자리에 앉기까지 오직 합격할 수 있을지 여부만이 중요했다.

하지만 면접관을 보는 순간, 여자에게 더 이상 합격 따위는 중요한 문제가 아니었다. 여자의 이름이 맞는지를 묻던 면접관의 자리가 텅 비어 있었기 때문이다. 그 사람만이 아니었다. 다른 면접관들도 보이지 않았다. 그저 빈 의자에서 이런저런 목소리만이 들려왔다. 당황한 여자는 주위를 두리번거렸다. 여자의 눈앞에 놓인 빈 의자가 퉁명스럽게 말했다.

"김소연 씨, 경력이 짧네요. 자기 소개서 내용도 불충분하고."

여자는 도움을 청하듯이 주위를 두리번거렸다. 하지만 자신 옆에 앉아 있는 면접자는 아무것도 모르는 얼굴로 미소를 띤 채 정면을 바라보고 있을 뿐이었다. 그녀는 말을 걸어오는 빈 의자를 노려보았지만 보이지 않던 사람이 갑자기 나타나는 일은 없었다. 그러자 빈 의자가 힐난하듯이 다시 물었다.

"김소연 씨, 제 말 안 들립니까?"

"아닙니다. 죄송합니다."

식은땀을 흘리며 여자는 허벅지 위에 얌전히 올려놓은 두 손을 꼭 쥐었다. 어떻게든 면접을 무사히 마쳐야 했다. 그런 다음 곧장 병원으로 갈 작정이었다. 빈 의자는 여자에게 산만하게 굴지 말고 좀 더 면접에 집중하라고 꾸짖었다. 그러자 옆에 앉아 있던 다른 면접자의 입꼬리가 슬쩍 올라가는 게 보였다. 그러면서도 면접자는 여전히 앞만 응시한 채 아무것도 듣지 못했다는 듯이 시치미를 뗐다. 여자는 보이지 않는 사람들의 질문에 정신없이 대답을 하고 겨우 면접을 끝마쳤다. 그동안 어느 누구도 경악하지 않았고 아무도 지금의 면접이 이상하다고 여기지 않았다.

처음 며칠과 달리 여자는 평정심을 되찾을 수 있었다. 여자로서는 사실 딱히 할 수 있는 게 없기도 했다. 어디서부터 어떻게 잘못된 것인지 알 수 없었기에 바로잡을 방법도, 능력도 없었다.

게다가 여자의 눈에는 오직 사람만이 보이지 않을 뿐이었다. 그 외에 이 세상에 남아 있는 모든 것들은 제자리를 지키며 여자의 눈에 성실하게 자신의 모습을 내비치고 있었다. 하늘의 구름도 땅 위의 나무와 풀들도 모두 그대로였다. 산책을 나온 애완견도, 골목에서 우연히 마주친 고양이도 여자에게 여전히 사랑스러운 자태를 보여 주었다. 사람들이 세운 건물은 오늘도 우뚝 서 있었고, 도로 위의 자동차들이 기계적으로 움직이는 모습도 어제와 똑같았다. 오직 애완견의 목줄을 쥐고 있고 건물 안에서 일하거나 자동차를 운전하고 있을 누군가가 보이지 않을 뿐이었다.

여자의 눈에 애완견의 목줄은 허공에 붕 뜬 채 떠다녔고, 건물의 유리 회전문은 돌아가도 드나드는 사람은 보이지 않았다. 자동차 역시 텅 빈 운전석에 운전대만이 좌우로 움직였다. 여자의 눈에는 이 모든 게 신기한 마술처럼 보였다. 불쑥 요정이나 마법 병정들이 나타날지도 모른다는 어린애 같은 상상도 했다. 비가 오던 날, 수많은 우산이 허공에 둥둥 떠다니던 장면은 지금도 잊을 수가 없었다.

세상에서 사람들이 보이지 않기 시작하자 여자는 비로소 일기를 다시 쓰기로 마음먹었다. 눈앞에 사람들이 점점 사라지고 나서야 그동안 자신에게 잘못을 저질렀던 인간들도 용서할 수 있을 것 같았기 때문이다. 여자는 그동안 자신의 인생에 다가왔던 사람들에 대한 기억을 떠올리며 일기를 써 내려갔다. 모두가 보이지 않자 비로소 보고 싶은 사람이 하나, 둘 생각났다. 하지만 보고 싶은 사람은 다섯 명이 채 되지 않았다. 그나마 두 사람은 이미 고인이었기에 애초부터 볼 수 없었다. 여자는 사람이 보이지 않는 텅 빈 세상에서도 소음은 끊이질 않고, 그 와중에도 잠이 든다는 사실이 그저 놀랍기만 했다. 이 얼마나 질긴 생명력인가. 여자는 일기에 그렇게 적고는 지겹다는 표정을 지으며 고개를 절레절레 저었다.

여자의 집에서 첫 번째 쓰레기봉투가 발견된 것은 면접이 끝나고서 일주일 뒤 탈락했다는 문자를 받은 날 아침이었다. 여자는 아직 잠이 덜 깨서 몽롱한 상태로 불합격 문자를 읽었다. 평상시 같았으면 짜증스럽고 우울할 일이었으나 그날은 아무 생각 없이 하품을 하며 기계적으로 문자를 볼 뿐이었다.

아직 아침잠이 남아 있었던 데다가 지금 닥친 더 큰 문제, 그러니까 이 세상 사람들이 보이지 않는다는 사실에 비하면 불합격 메시지 따위는 그저 귀찮은 스팸 문자처럼 여겨졌다. 오히려 합격했다면 더 난감했을지도 몰랐다. 여자로서는 아무도 보이지 않는데 여기저기서 말을 걸어오고 일을 시킨다면 과연 해

낼 수 있을지 장담할 수 없었기 때문이다. 일단 여자는 가장 급한 것부터 해결하기로 마음먹었다. 바로 밥을 먹는 일이었다. 이 세상에 홀로 남게 되더라도 허기가 사라지는 일은 없었다.

여자는 쓴웃음을 지으며 부엌으로 가서 즉석용 밥을 전자 레인지에 돌리고, 1인분으로 포장된 즉석 국을 뜯어 냄비에 붓고서 끓였다. 그러고는 밥과 국을 천천히 먹으며 텔레비전을 켰다. 역시나 텔레비전에서는 어떤 사람도 나오지 않았다. 드라마를 틀어도 사건이 일어나는 배경만 나올 뿐 배우들은 없었다. 사람이 사라진 배경에서 소리만 들려오는 모습은 기이하다 못해 묘하게 소름이 끼쳤다.

결국 여자는 참지 못하고 내셔널 지오그래픽 채널을 틀었다. 사바나 지역을 한가로이 걸어 다니는 이런저런 짐승들이 보이자 여자는 비로소 조금 안심했다. 한결 차분해진 마음으로 여자는 식탁을 치우고 일회용 플라스틱들을 정리해서 베란다로 나가 재활용 수거함에 담았다. 그때 처음 보는 쓰레기봉투가 보였지만 여자는 그저 자신이 버리려다 잊어버리고 그냥 놓아둔 것이라 생각했다. 여자는 쓰레기봉투를 들고 밖으로 나가 쓰레기 수거함에다 던져 넣고는 돌아왔다.

화창한 평일 오전이었고, 여자는 할 일이 없었다. 결국 여자는 밖으로 나가 자신의 운을 시험해 보기로 했다. 전날까지만 해도 여자는 과연 외출을 해도 괜찮을지 자신이 없었다. 보이진 않지만 사람들의 말소리는 들을 수 있었고, 그들이 풍기는 체취도 맡을 수 있었다. 하지만 그들은 여자를 전혀 인식하지 못했다. 몇 번의 시도를 통해 여자는 그들과 자신이 완전히 분리되어 있다는 것을 깨달았다. 그럼에도 여자는 하루 종일 거리를 쏘다닐 작정이었다. 정말 만에 하나라도 행인과 부딪히거나 누군가와 시비 붙는 일이 생긴다면 지금 처한 이 기묘한 상황이 타계될지도 모른다는 막연한 기대 때문이었다.

여자는 일부러 사람들이 가장 많이 붐빌 시간에 번화가로 나갔다. 사방에서 행인들의 수다와 호객 행위를 하는 사람들의 외침이 들려왔지만 여자의 눈에는 그저 소음으로 가득 찬 텅 빈 거리일 뿐이었다. 주위를 두리번거리던 여자는 도망치고 싶은 심정을 꾹 누르고는 마음을 다잡았다. 그러고는 가까운 편의점으로 들어갔다. 역시나 사람들의 모습은 전혀 보이지 않았다. 이런저런 물건들로 가득 찼지만 사람은 사라져 버린 편의점 안은 마치 세기말의 재난 영화를 연상시켰다.

냉장고로 가서 커피를 하나 꺼낸 다음 여자는 그것을 계산대 위에 내려놓았다. 하지만 아무런 말도 들리지 않았다. 그들은 여자가 냉장고 문을 여는 것도, 커피를 집어 들고 카운터로 가져 오는 것도 몰랐던 것이다. 여자는 시험 삼아 텅 빈 카운터를 향해 말을 걸었다.

"저기요, 이거 얼마예요?"

하지만 사람이 보이지 않는 카운터에서는 아무런 대답도 들려오지 않았다. 여자는 어쩌면 정말 아무도 없는 것인지도 모른다고 생각했다. 그때 편의점 문이 열리더니 누군가 들어서는 소리가 들렸다. 그러고는 곧장 냉장고 문이 열리더니 캔커피가 허공에 둥둥 떠올라 카운터 쪽으로 다가왔다. 여자는 일부러 캔커피에 부딪히려고 앞을 막았다. 하지만 캔커피는 여자의 눈앞에서 사라졌다가 카운터 위에 다시 나타났다. 여자가 뒤돌아보자 허공에 바코드 리더기가 붕 떠오르더니 둥둥 떠 있는 커피의 바코드를 찍었다. 경쾌한 부저음과 더불어 허공에서 말소리가 들렸다.

"천 원입니다. 맵버십이나 할인 카드 있으세요?"

"없어요."

허공에서 누군가가 퉁명스럽게 대답하며 신용카드를 내밀었다. 그러자 단조로운 목소리가 허공에서 다시 울렸다.

"카드는 앞의 단말기에 꽂아 주세요."

계산이 끝나고 캔커피가 허공에 둥둥 뜬 채로 밖으로 나가자 여자는 더 이상 그 자리에 있을 이유가 없어져 버렸다. 막연한 기대와 달리 역시나 사람들과 접촉할 수 없게 되자 여자는 절망했다. 화가 난 여자는 편의점 한쪽에 놓인 바구니를 집어들더니 가게 안의 각종 음식이며 냉장고의 음료수들을 쓸어 담기 시작했다. 그럼에도 아무런 제지도 받지 않았다.

바구니에 마구 담기던 캔 중에서 하나가 바닥에 요란한 소리를 내며 떨어졌다. 여자는 자신의 발밑으로 굴러온 캔을 내려다보았다. 평상시에는 집지도 않았을 에너지 드링크였다. 여자는 쭈그리고 앉아 캔을 들어 올려 유심히 살폈다. 이게 정말 실재하는 캔인지 의심스러웠다. 이곳의 물건을 여자가 아무리 사용해도 다른 사람들이 존재하는 공간에서는 아무런 영향도 미치지 못하고 있었다. 여자가 편의점에 진열된 물건 전체를 털어서 텅텅 비게 만든다고 해도 다른 사람들이 보고 느끼는 편의점은 여전히 그대로인 모양이었다. 여자는 최소한 이 세상에서만큼은 먹고사는 문제는 걱정하지 않아도 된다는 사실에 쓴웃음을 지었다.

3.

"아, 정말 못 살겠네. 진짜 다음 달 안으로 이 일 접는다."

김 부장은 마스크를 쓴 채로 잘도 툴툴거렸다. 그는 쉬지 않고 쓰레기를 치우는 김 부장을 바라보며 비슷한 생각을 하고 있었다. 솔직히 이 일은 오래할 만한 일은 아니었다. 악취며 온갖 불결한 환경에 노출되다 보니 만성 두통에 시달리기 일쑤였다. 쓰레기 중에는 가위며 칼, 깨진 유리 조각 등이 흉기처럼 숨어 있다가 언제 어디에서든 갑자기 튀어나와 다치게 할 수도 있었다. 게다가 쓰레기들이 무거워 밖으로 끄집어내 나르는 일도 여간 중노동이 아니었다.

하지만 이 일을 힘들게 하는 진짜 이유는 따로 있었다. 그것은 문을 열 때마다 밑바닥까지 다다른 인간 정신의 황폐함을 고스란히 목도해야 한다는 사실이었다. 그들은 대개 현관문을 닫아걸고 세상을 외면한 채 웅크리다가 아무도 모르게 죽은 뒤에야 비로소 사람들의 눈에 띄었다. 하지만 그것도 잠시였다. 살아생전에 외면받았던 사람은 죽어서도 마찬가지 대우를 받는 경우가 대부분이었다. 그들을 본의 아니게 보게 된 사람들은 안타까워하면서도 서둘러 고개를 돌리며 김 부장에게 돈을 쥐어 주고는 이내 외면해 버렸다.

그는 며칠 전에 치웠던 여자의 방에서 나온 일기장을 떠올렸다. 믿을 수 없는 이야기였지만 여자는 점점 사람들이 보이지 않는다고 적었다. 처음에는 그저 한두 명 정도가 보이지 않았지만 점점 더 그런 현상은 심해진 모양이었다. 여자는 결국 정신과 진찰을 받았고 약을 먹었다. 의사는 사무적으로 여자에게 대수롭지 않다는 듯이 조현병이 의심된다고 말했다. 여자는 꾸준히 약을 먹고 더 이상 이력서는 쓰지 않았다. 취업 스트레스가 자신의 병을 더 악화시킨다는 생각 때문이었지만 구직 활동을 중단하는 순간 더한 스트레스가 찾아왔다. 결국 여자는 다시 이력서를 쓰기 시작했다. 하지만 여전히 사람들의 모습은 보이지 않았고 여자는 결국 포기한 모양이었다.

한창 일하던 김 부장은 잠시 담배나 좀 피우고 오겠노라며 현관으로 내려갔다. 하지만 실상은 하루에도 몇 번씩 찾아오는 김 부장의 주식 확인 시간이었다. 마침 그도 쉬고 싶었기에 김 대리에게 잠시 나가서 담배나 피우자고 말했다. 그때 이십 대 후반으로 보이는 깡마른 청년이 갑자기 나타나 의심스러운 얼굴로 현관으로 들어서며 말했다.

　　"이봐요, 당신들 누구예요?"

　　그는 이런 현장이면 어김없이 등장하는 이른바 '친척'이라고 생각했다. 고독사 현장에서 작업을 하다 보면 이들은 냄새를 맡고는 하이에나처럼 나타나서 주변을 기웃거렸다. 그러고는 자신들에게 필요한 물품들을 챙겨 가려고 손을 뻗었다. 특수 청소 업체 직원들이 그런 행동을 저지하면 십중팔구 그들은 망자와 아는 친척이라거나 가까운 사이라고 주장했다. 물론 대부분 거짓말이었다. 간혹 진짜 친척인 경우도 있었지만 시신 인도를 거부하거나 연락이 닿질 않던 사람이 현장을 청소할 때면 귀신같이 알아서 나타나 자신이 필요한 것만 챙겨 가는 게 마음에 들지 않아 그는 법 운운하며 최대한 그들이 유품을 바로 가져가지 못하도록 저지했다.

　　유족이거나 사망자에 관해 뭔가를 알 수도 있지 않을까 싶어서 그는 불쑥 등장한 청년에게 누구인지를 물었다. 그러자 청년은 기분 나쁘다는 투로 대답했다.

"여긴 제 집입니다. 대체 당신들 누굽니까?"

그는 놀라서 입을 다물어 버렸다. 이 집 주인은 지금쯤 화장터에서 한 줌의 재가 되고 있을 터였다. 지금껏 유족을 사칭해서 물건을 챙겨 가려는 사람은 봤지만 자신이 죽은 당사자라고 주장하는 경우는 처음이었다. 청년은 당황한 그와 김 대리를 번갈아 가며 노려보았다. 그러자 묵묵히 청년을 쳐다보고 있던 김 대리가 조용히 나서서 말했다.

"그만 돌아가세요. 여긴 당신이 올 곳이 아닙니다."

청년은 김 대리를 쏘아보더니 순간 움찔했다. 그러고는 이내 고개를 돌려 시선을 외면하고는 서둘러 몸을 돌려 밖으로 나가 버렸다. 김 대리는 이내 평온한 얼굴로 다시 돌아와 묵묵히 쓰레기봉투를 집어 들었다.

"보이던 것들이 보이지 않고, 보이지 않던 것들이 보이면 과장님은 어느새 외줄에 서 있는 거예요."

어느 틈엔가 가까이 다가온 김 대리가 그에게 불쑥 말을 걸더니 의미심장하게 바라보았다. 그는 놀란 눈으로 김 대리를 바라볼 수밖에 없었다. 사정을 모르는 사람에게는 뜬금없는 말처럼 들렸겠지만 죽은 사람을 사칭한 사람이 나타난 데다 어제도 여자가 남긴 일기장을 읽었던 그로서는 속으로 경악하지 않을 수 없었다. 본능적으로 그는 무슨 말인지 모르겠다는 듯이 굴었다. 하지만 자신의 행동이 누가 봐도 부자연스러워 보이리란 것도 잘 알았다. 그때 담배를 피우고 막 올라와서 쓰레기를 뒤적거리던 김 부장이 종이 뭉치를 들고서는 누구에게랄 것도 없이 큰 소리로 말했다.

"이력서가 있네. 대체 몇 개야."

한 뭉치의 이력서를 들고서 몇 장을 넘겨 가며 살펴보던 김 부장은 이내 시큰둥해졌는지 그것들을 반으로 접어서 쓰레기봉투에 넣어 버렸다. 그러자 김 대리가 김 부장에게 다가가 이력서를 달라며 손을 내밀었다. 개인 정보가 담긴 서류는 파기해서 버리거나 아니면 남겨 두었다가 유족에게 인계하는 게 원칙이었다. 김 부장은 투덜거리면서도 얌전히 쓰레기봉투에 담았던 이력서를 다시 꺼내 김 대리에게 건네주었다. 무심히 이력서를 살펴보던 김 대리가 그에게 다가오더니 말없이 불쑥 그것을 내밀었다. 조금 놀란 그가 왜 그러는지를 묻자, 김 대리가 대수롭지 않다는 투로 말했다.

"과장님이 챙겼다가 나중에 유족에게 전해 주세요."

그가 굳이 그런 서류를 챙길 이유는 없었지만 김 대리가 빤히 바라보며 이력서를 내밀자 자신도 모르게 그것을 받아 들었다. 김 대리는 등을 돌려 다시 청소하기 시작했다. 김 부장은 그새를 못 참고 다시 밖으로 나갔는지 보이지 않았다. 그는 이력서를 무심히 내려다보다 눈을 크게 떴다. 그러고는 얼른 고개를 들어 인상을 찌푸리더니 어디랄 곳도 없이 주위 여기저기를 둘러보며 마음을 추슬렀다. 조금 떨어진 곳에서 김 대리가 묵묵히 쓰레기를 수거하고 있었다. 그는 뭔가 항의하려는 듯한 얼굴로 김 대리에게 다가가 이력서를 내밀며 물었다.

"이거 봤어요?"

"네."

김 대리는 그를 바라보지 않은 채 수거 봉투에 쓰레기를 집어넣으며 대답했다. 그는 잠시 말문이 막혔다. 대수롭지 않게 반응하는 모습으로 봐서는 김 대리가 이력서를 제대로 보지 않은 듯했다. 그는 차분하게 설명하듯이 김 대리에게 물었다.

"이력서에 있는 사진, 방금 전 그 청년 맞죠?"

"네."

역시나 단답형이었다. 그는 이제 슬슬 화가 날 지경이었다. 물론 김 대리가 잘못한 것은 없지만 자신만 혼자 속을 끓고 혼란에 빠진 게 억울하기도 했고, 왠지 놀림을 받는 느낌도 들었다. 그제야 김 대리가 고개를 들어 그를 빤히 쳐다보고는 말했다.

"과장님은 지금 외줄에 있다고 말씀드렸잖아요. 하지만 걱정 마세요. 내가 안 다치고 계속 걸어가시게끔 해 드릴게요."

그는 묻는 표정으로 김 대리를 바라보았지만 이내 그녀는 멀찍이 떨어져서 다른 쓰레기들을 치우고 있었다. 김 대리의 말을 들은 탓인지 그의 발밑이 흔들리는 듯했다. 그는 벽에 손을 짚고는 기댄 채로 눈을 감았다가 떴다. 이내 바닥은 예의 딱 딱하고 차가운, 원래의 것으로 돌아와 있었다.

4.

쓰레기를 담은 봉투는 하루가 다르게 늘어났다. 처음에는 그저 깜빡 잊고서 쓰레기를 버리지 않은 모양이라고 여겼던 여자는 이제 자신에게 닥쳐온 저주를 여실히 실감하고 있었다. 자고 일어나면 난생처음 보는 쓰레기봉투가 대여섯 개씩 늘어 났다. 그때마다 여자는 신을 저주하며 쓰레기봉투를 밖으로 내다 버렸다. 하지만 그럴수록 다음 날 아침이면 쓰레기봉투가 더 많이 생겼다. 인근의 누군가가 버린 쓰레기는 반드시 여자의 집에 나타났다. 여자는 결국 쓰레기를 치우는 일을 포기하고 말았다. 그렇다고 대신 다른 누군가의 집으로 몰래 숨어들 용기도 없었다.

그동안은 여자가 무슨 짓을 해도 다른 사람에게 별다른 영향을 끼치지 못했다. 두 세계는 서로 분리되어 소리나 냄새 등으로 아주 미약하게 연결되어 있을 뿐이었다. 하지만 누군가의 쓰레기가 집 안으로 넘어오기 시작하면서 여자는 두 세계가 완전히 단절된 게 아니라는 사실을 깨달았다. 그렇다면 누군가의 집에 들어가 아무렇지도 않다는 듯이 살아가기는 당연히 불가능할 터였다. 어쩌면 이대로 조금만 참으면 다시 원래의 세계속으로 포함되지 않을까, 하는 막연한 기대도 생겼다. 그런 기대로 여자는 쓰레기장으로 변해 버린 집에서 일기를 쓰면서 좀 더 버텨 보기로 했다.

어느 날, 이웃의 항의로 결국 집주인이 나타났을 때 여자는 작은 희망을 보았다. 방 안 가득 놓여 있는 쓰레기에 욕을 해 대며 투덜거리던 집주인이 책상 위에 놓아 둔 여자의 일기를 발견하고는 몇 장을 넘기며 빠르게 읽더니 다시 책상 위로 던져 버린 것이다. 집주인이 비록 외면하긴 했지만 여자의 일기가 누군가에게 보인다는 사실은 중요했다. 여자는 비로소 다른 사람과 연결될 수 있는 고리를 찾은 것이라 여겼다.

하지만 그 이후로 두 달 넘게 지났지만 아무도 찾아오지 않았다. 그동안에도 쓰레기봉투는 차곡차곡 쌓여만 갔다. 이대로 쓰레기 더미에 갇혀 죽는 게 낫다고 생각할 즈음 드디어 문이 다시 열렸다. 그리고 처음 보는 세 사람이 들어와 집 안 가득 차 있던 쓰레기들을 밖으로 끄집어내기 시작했다. 여자는 구석에 웅크리고 앉아서 그들이 하는 양을 말없이 지켜보았다. 더 이상 아무런 기대도 없었고, 이대로 저들이 실어 나가는 쓰레기 더미에 자신도 같이 실려 가기를 바랄 뿐이었다.

그때 여자의 눈에 그가 일기장을 남몰래 챙기는 게 보였다. 여자는 자리에서 벌떡 일어섰다. 어쩌면 저 남자가 통로가 될지도 몰랐다. 그 순간 김 대리가 여자를 바라보았다. 여자는 자기 또래의 낯선 여자가 자신을 지그시 바라보자 깜짝 놀랐다. 하지만 김 대리는 이내 아무것도 못 본 것처럼 고개를 돌려 묵묵히 쓰레기를 다시 치우기 시작했다.

여자의 일기장을 마저 다 읽은 그는 한숨을 쉬고는 캔맥주를 마셨다. 누군가와 아무 생각 없이 이런저런 수다를 떨고 싶었다. 사실 그는 수다를 좋아하는 편이 아니었고 굳이 따지자면 싫어하는 쪽이었다. 원래 과묵한 데다 사람과 잘 어울리지도 못했던 그로서는 수다스러운 사람들을 볼 때마다 신기했다. 사람과 사람 사이에 그처럼 많은 말이 필요하다는 게 그로서는 놀라울 따름이었다.

그러다 보니 그는 김 대리보다는 말이 많은 김 부장이 더 불편했다. 다만 대부분의 수다스러운 사람이 그러하듯 김 부장은 그가 불편해한다는 사실을 전혀 신경 쓰지 않는 모양이었다. 게다가 김 부장은 수다로 힘을 얻는 스타일이었기에 쓰레기를 많이 치워야 하는 날이나 주식이 떨어질 때면 으레 신세 한탄이 길게 늘어졌다. 문제는 거의 매일 그랬다는 점이다. 이로 인해 세 사람이 한 팀이 되어 일을 시작했을 당시 그는 물론이고 심지어 감정이 없는 로봇 청소기 같은 김 대리마저도 이직을 고려할 정도였다. 하지만 지금은 그런 김 부장의 어떤 허튼소리든 다 들어 줄 수 있을 것만 같았다.

하지만 정작 휴대전화가 요란하게 진동하자, 그는 깜짝 놀라서 받을지 말지를 놓고 망설였다. 언제 저장해 놓았는지 기억도 나지 않는 김 대리의 전화번호가 떠 있었기 때문이다. 수다가 필요했지만 왠지 김 대리와는 말을 섞기가 불편했다. 그럼에도 그는 직감적으로 지금 김 대리의 전화를 받아야만 한다는 사실을 깨달았다. 그는 벽에 등을 기대고는 전화를 받으며 왼손으로는 이마를 가볍게 문질렀다.

"과장님, 지금 어디에요?"

휴대 전화 너머로 김 대리의 목소리가 들려오자 조금 전까지 날카로웠던 그의 신경이 차분히 가라앉는 느낌이었다. 그는 전화를 받길 잘했다고 생각하며 짧게 대답했다.

"집입니다."

"혹시 낮에 챙겼던 남자 이력서 집에 가지고 가신 건 아니죠?"

"네. 왠지 꺼림칙해서 사무실 캐비닛에 넣어 뒀어요."

김 대리는 그의 대답을 듣고서는 왠지 안심한 듯한 목소리로 물었다.

"여자 일기장은 아직 가지고 계세요?"

"네."

대답을 하고 나서 그는 고개를 돌린 채 어디론가 숨어 버리고 싶었다. 김 대리는 자애롭게도 그에게 왜 남자의 이력서는 챙기지 않으면서 여자의 일기장은 아직 사무실 캐비닛에 마련된 유류품 보관함에 돌려놓지 않았는지를 묻지 않았다. 대신 짧게 침묵했을 뿐이다. 그는 침묵이 고마우면서도 한편으로는 불편했다. 김 대리는 한 호흡 정도 간격을 둔 뒤에 다시 그를 불렀다. 처음보다 더 차분해지고 차가워진 음성이었다.

"오늘 밤, 과장님 집에 그림자가 찾아올 거예요."

"그림자?"

"너무 걱정하실 필요는 없어요. 과장님이 잘못한 건 없으니까. 하지만 그림자와 접점이 생겼다는 사실도 부인할 순 없죠. 그냥, 들어 주시기만 하면 될 거예요."

김 대리는 여기까지 말하는 것만으로도 지친다는 듯이 한숨을 내쉬었다. 얼핏 들어 보면 얼토당토않은 헛소리에 불과했지만 그는 김 대리의 말이 어떤 식으로든 실제 일어날 일과 연관되어 있을지도 모른다는 생각이 들었다. 진짜 그림자가 찾아오지는 않겠지만 '그림자'로 불릴 만한 무언가 혹은 누군가가 방문할지도 몰랐다. 그는 고개를 가로저으며 말했다.

"별로 만나고 싶지 않은데요."

"그래도 만나셔야 해요. 오늘 외면한다 해도 내일이 있으니까."

참으로 냉정한 말이었다.

"김 대리, 미안한데 혹시 같이 있어 줄 순 없을까요?"

그녀가 아무런 대답도 하지 않자 그제야 그는 자신이 한 말이 어떤 의미에서는 대단히 결례일 뿐만 아니라 충분히 오해살 만한 표현이었다는 사실을 깨달았다. 다행히 김 대리는 그의 제안을 문제 삼지 않았다. 오히려 다분히 위로의 느낌을 담아서 조금은 안타깝다는 듯이 말했다.

"내가 있으면 오히려 방해만 될 뿐이에요."

"나는 누군가의 그림자가 싫어요."

그는 고개를 설레설레 저었다.

"과장님은 우연히 촛불이 된 것뿐이지만 어쩔 수 없어요. 그림자는 촛불에 끌리게 마련이거든요. 다만 이번 그림자는 집착이 심한 편은 아니니까 금세 떨어져 나갈 거예요."

"집착이 심한 그림자는 어떤데요?"

"끈적끈적하게 달라붙죠. 촛불이 다 녹아서 꺼질 때까지. 그래서 촛불이 어둠으로 변해서 그림자와 함께 사라질 때까지요."

김 대리가 말하는 '그림자'라는 단어에 담겨 있는 불길함이 그를 오싹하게 했다. 그때 누군가 현관문의 벨을 눌렀다. 갑작스러운 호출에 그는 놀랐고 이내 짜증이 일었다. 그는 일기장을 챙겨 오지 말았어야 했다고 뒤늦게 후회했지만 어쩔 도리가 없었다. 벨은 다시금 울렸다. 현관문 밖에 서 있는 누군가 혹은 무언가는 쉽게 자리를 뜰 생각이 없는 모양이었다. 초인종 소리를 들은 김 대리가 한숨을 쉬며 말했다.

"이제 이야기를 들어야 할 시간이에요."

전화를 끊고 잠시 망설이는 동안 더 이상 초인종 소리는 들리지 않았다. 그는 잠시 머뭇거리다가 현관문의 접안렌즈를 통해 바깥을 살폈다. 낯선 여자가 조금 긴장한 채로 서 있는 게 보였다. 일단은 유령처럼 보이지 않아서 다행이었다. 주위를 두리번거리는 모습이 묘하게 사람의 보호 본능을 자극하기까지 했다. 그럼에도 그는 문 앞의 여자를 외면할까 잠시 망설였다.

그러다 문득 자신의 정신에 뭔가 문제가 있는 게 아닌가 하는 생각이 들자 헛웃음이 나왔다. 어느 모로 보나 그냥 평범한 여자였다. 잘못 찾아온 것일 수도 있고, 아니면 그의 도움이 필요한 것인지도 몰랐지만 일단 김 대리가 말한 이른바 '그림자'처럼 보이지는 않았다.

그는 고개를 절레절레 저으며 현관문을 열었다. 그러고는 이내 후회했다. 그의 눈앞에 서서 조금은 위축된 모습으로 불안한 표정을 지으며 바라보고 있는 여자가 바로 일기장의 주인이자 김 대리가 말한 그림자란 사실을 직감적으로 깨달았기 때문이다. 하지만 이미 문을 연 이상 어쩔 도리가 없었다. 초대는 취소될 수 없었고, 방문자 역시 거절할 생각이 없었다. 여자는 잠시 머뭇거렸지만 이내 결심이 섰다는 듯이 그에게 말했다.

"들어가도 될까요?"

그는 여자가 들어설 수 있도록 옆으로 비켜섰다. 여자는 차분하게 현관으로 들어서더니 구두를 벗고는 잠시 서서 두리번거렸다. 그는 현관문을 닫으면서 이 불청객을 어떻게 빨리 보내야 할지를 고민했다. 사실 여자가 그를 불쾌하게 만들지는 않았다. 오히려 굳이 따지자면 그는 여자의 첫인상이 마음에 들었다. 여자는 단발머리에 이목구비가 크고 뚜렷해서 서구적인 미인상에 가까웠다.

키가 커서 그와 거의 비슷했고 가늘고 우아하게 뻗은 목선도 인상적이었다. 일견 활달해 보였지만 차분한 면이 있었고 조심스럽게 행동하면서도 당당함이 느껴져 함부로 대할 수 없는 사람이란 인상을 풍겼다. 여자와 좀 더 일반적으로 그러니까, 정상적인 상황에서 만났다면 그는 분명 여자에게 호감을 품었을 터였다. 하지만 그는 곧 여자와의 관계가 결코 오래갈 수 없으며 오늘의 만남은 필연이지만 일회성이라 느꼈다. 생각이 거기까지 미치자 그는 왠지 울고 싶었다.

여자는 그가 여러 감정에 휘둘리는지도 모르는 채 처음보다는 긴장이 풀어진 모습으로 거실을 두리번거리더니 갑자기 돌아보며 말했다.

"그런데 정말 내가 보여요?"

5.

여자가 그의 집을 찾는 것은 그리 어렵지 않았다. 다른 사람들은 여자를 인식하지 못한다는 사실을 활용하면 청소 작업을 하러 온 그들의 봉고차에 몰래 타거나 그의 뒤를 따라가는 일은 너무나 간단했다. 그렇게 그들이 여자의 집을 방문한 그날, 여자는 그의 집이 어디인지 정확히 알았지만 정작 발길을 돌려 다시 집으로 돌아갔다. 이제 막 그가 자신의 일기장을 가져갔기 때문이다. 여자는 그에게 일기를 읽을 시간을 주고 싶었다. 여자는 쓰레기가 치워져 이제는 텅 빈 느낌을 주는 자신의 집에 돌아가서 웅크렸다.

다음 날 아침, 눈을 떴을 때 여자는 집 안의 쓰레기가 더이상 늘어나지 않았다는 것을 확인하고는 안도했다. 그가 일기장을 가져가면서 조금씩 변화가 생기기 시작한 게 분명했다. 하지만 그들이 마지막 쓰레기를 실어 나가자, 여자는 자신이이 집에서 거주할 시간이 얼마 남지 않았다는 사실을 깨달았다. 결국 여자는 김 대리가 그에게 전화하던 날 밤, 그의 집에 가기로 마음먹었다.

그의 집까지 가는 동안 여자는 한 번도 누군가와 부딪치지 않았다. 세상 사람들이 보이지 않게 된 후 여자가 걱정한 여러 일들 중 하나는 바로 길을 걸어가다 한눈을 판 누군가와 부딪쳐 시비가 붙거나 지하철이나 버스에서 모르고 어느 사람의 무릎 위에 앉는 일이 생기지 않을까 하는 점이었다. 하지만 다른 사람과 자신의 공간이 겹치지 않는다는 사실을 알게 된 지금은 그런 부딪침이 불가능하다는 사실을 잘 알았다.

만약 누군가와 부딪칠 수 있다면, 여자가 다시 다른 사람들과 같은 공간으로 돌아온 것을 의미했다. 아쉽게도 지금까지 단 한 번도 그런 조우가 일어나지 않았다. 계속 그녀는 투명한 교도소에 유폐된 채 타인 주위를 빙빙 맴돌 수밖에 없었다. 그러다가 드디어 그녀를 볼 수 있는 사람을 만나게 된 여자는 의심과 불안의 눈초리로 자신을 바라보고 있는 그에게 무엇이든 해 줄 수 있을 것만 같았다. 그전에 여자는 다시 한 번 확인하고 싶었다.

"그런데 정말 내가 보여요?"

"네, 잘 보입니다."

그는 대답하고 나서 머리가 아픈 듯 미간을 찌푸리더니 오른손으로 이마를 조금 문질렀다. 그러고 나서 무언가 질문할 말을 찾는 듯 고개를 돌리고는 잠시 생각에 잠겼다. 다행히 그가 여자를 외면한 시간은 짧았고, 잠깐 동안 불안에 잡혀 있던 여자는 이내 다시 안정을 찾을 수 있었다. 그는 여자를 지그시 바라보며 탐문하듯 물었다.

"그런데 정말 다른 사람들이 안 보입니까?"

"네, 안 보여요."

여자는 한순간이라도 그를 놓치지 않겠다는 듯이 똑바로 바라보며 대답했다. 그는 여자의 집요한 시선이 불편해 자신도 모르게 살짝 어깨를 움츠렸다. 그의 일거수일투족에 집중하고 있던 여자는 그런 미묘한 변화도 단숨에 눈치챘지만 쉽게 풀어 줄 수 없을 만큼 절박했다. 어쩌면 그가 현실로 돌아갈 수 있게 해 주는 유일한 안내자일지도 몰랐다. 여자는 남자에게 한 걸음 다가서며 물었다.

"정말 내가 보이는 거죠? 나도 당신이 보여요. 이게 얼마 만인지 모르겠어요."

그는 말끝이 조금 떨리는 여자를 애처롭게 바라보았다. 어디까지 여자의 말을 믿어야 할지 알 수 없었고, 믿기 힘든 만큼 위험하게 여겨졌지만 안타깝고 불쌍해 보인다는 사실을 외면하기는 힘들었다. 그는 여자에게 앉으라고 권하고는 무엇을 마실지 물었다. 여자는 아무런 대답도 하지 않은 채 그저 그를 뚫어져라 바라만 볼 뿐이었다. 그는 냉장고에 가서 캔맥주 두 개를 꺼내 그중 하나를 여자에게 건네고는 남은 하나를 터서 한 모금 마셨다. 그러고는 여자에게 일기장을 건네며 말했다.

"죄송합니다."

여자는 그가 내민 일기장이 기묘한 마법서라도 되는 듯이 바라보다가 조심스럽게 가져갔다. 그는 여자가 천천히 자신의 일기장을 펼쳐 보는 것을 묵묵히 바라보며 캔맥주를 조금씩 마

셨다. 그의 예상과 달리 캔맥주 하나를 다 비울 때까지도 여자
는 계속해서 일기장을 넘겨 가며 보았다. 그는 빈 캔을 흔들며
다시 새로 하나를 더 가져올지, 아니면 그만 마시고 여자에게
무슨 말이라도 걸어 볼지를 놓고 잠시 망설였다. 하지만 딱히
건넬 말이 없었기에 그는 자리에서 일어나 냉장고로 가서 새
캔맥주를 꺼내 왔다.

그가 캔맥주를 홀짝이는 동안 여자는 마침내 일기장을 덮
었다. 그러고는 그를 지그시 쳐다보았다. 그 시선에 놀란 그는
자신도 모르게 맥주를 내려놓고는 똑바로 앉았다. 여자의 눈빛
에는 범상치 않은 힘 같은 게 담겨 있었고, 그는 본능적으로 유
순하게 처신해야만 한다는 것을 깨달았다. 다시 한 번 그는 이
번에는 진심을 담아서 여자에게 말했다.

"죄송합니다. 처음부터 챙겨 올 생각은 아니었어요."

"괜찮아요. 오히려 누군가가 이 일기장을 발견해 주기를
기다리고 있었으니까요. 어땠어요?"

여자의 물음에 그는 반문하는 얼굴로 말없이 그녀를 쳐다
보았다. 질문의 요지가 무엇인지 파악할 수가 없었다. 훌륭한
내용이었다거나 문장이 좋았다고 말해야 하는 것일까. 어쩌면
글씨가 마음에 들었다고 이야기해야 되는 건 아닐까. 그로서는
여자의 밑도 끝도 없는 물음에 당황할 수밖에 없었다. 게다가
누군가의 일기가 어떤지를 따질 정도로 그의 얼굴이 두꺼운 것

도 아니었다.

"일기 내용이 불쾌했을 텐데, 죄송합니다."

"아니요, 괜찮습니다. 그저 안쓰러웠을 따름이에요."

그는 무의식중에 대답하고는 이내 놀라서 입을 다물어 버렸다. 다행히 여자는 아무 말도 하지 않고 그저 다음 말을 기다리듯이 그를 지그시 바라만 보았다. 그가 고개를 돌려 시선을 외면하자 여자는 조용히 말했다.

"혹시 다 읽으셨나요?"

"네."

당황한 그는 서둘러 대답하고는 입을 꾹 다물었다. 여자는 그를 향해 담담하게 미소를 지어 보였다.

"누군가 나를 봐 주고 내가 남긴 것을 읽어 주어서 기뻐요."

그는 자연스럽게 행동하는 여자를 의심스럽게 바라보았다. 여전히 그는 여자가 남긴 일기장의 내용을 믿기 힘들었다. 아무리 봐도 여자에게 정신적으로 약간의 문제가 있는 것처럼 보일 뿐이었다. 여자는 그의 생각을 읽기라도 한 듯이 슬픈 표정을 지었다. 그러더니 팔을 쭉 뻗어 그의 손등 위에 가볍게 손을 올리고는 말했다.

"사람들이 조금씩 보이지 않던 초기에 한번은 일부러 헌혈을 하러 간 적이 있어요. 간호사가 제 팔과 손을 잡았는데 아무것도 느껴지지 않는 거예요. 사람들이 점점 보이지 않으면서 그들의 촉감도 느껴지지 않았던 거죠. 이대로 가면 언젠가는 말소리도 들리지 않을지 몰라요."

그는 뭐라 대답해야 할지 몰라서 듣고 있다는 뜻으로 가볍게 고개를 끄덕여 보였다. 그때 맞은편에 앉아 있던 여자가 반투명해지더니 등 뒤의 벽지가 희미하게나마 보였다. 놀란 그는 눈을 크게 떴다. 그러자 여자가 슬픔과 체념이 반쯤 뒤섞인 미소로 고개를 설레설레 젓더니 말했다.

"내 눈에는 지금 당신이 반투명하게 보여요. 당신 눈에도 내가 그렇게 보이죠?"

그는 대답하지 못하고는 그저 마른침을 삼켰다. 다음 순간 여자는 그의 눈에서 완전히 사라져 버렸다. 허공에서 슬픈 목소리가 나지막하게 들렸다.

"아쉽네요. 이제 당신도 보이지 않아요."

6.

자살한 청년의 집을 마무리 청소하는 데는 얼마간의 시간을 더 기다려야 했다. 청년이 늦게 발견된 탓에 혈흔과 사체흔이 방바닥에 스며들어 그 부분을 들어내고 다시 깔아야 했기 때문이다. 그와 김 대리는 시공이 끝나고 바닥이며 새로 바른 벽지가 완전히 마른 뒤에야 마무리 청소를 하러 청년의 집에 다시 방문했다. 김 부장은 여느 때처럼 이런저런 핑계를 대고는 마무리 작업에서 슬쩍 빠졌다.

두 사람으로서도 일이 많지 않은 데다 옆에서 계속 구시렁
거렸을 김 부장은 없는 편이 나았다. 게다가 그로서는 김 대리
와 이야기할 것도 있었다. 김 대리 역시 막연하게나마 그와 대
화를 나누어야 한다는 것을 느끼는 중이었다. 그럼에도 두 사
람은 작업 현장에 당도할 때까지 한마디도 말을 섞지 않았다.
앞으로 나눌 중요한 이야기를 위해서는 그전에 긴 침묵이 필요
하다고 암묵적으로 동의라도 한 듯이.

두 사람이 문을 열고 들어선 방은 이제 갓 지은 건물처럼
아주 깨끗했다. 마치 분양하는 모델 하우스에 방문하는 기분이
었다. 홀로 청년이 죽어 가던 공간은 사연을 모르는 사람이라
면 그저 보통의 새 집처럼 여겨질 터였다. 하지만 그곳은 아직
분향이 필요한 장소였다. 현장에 도착한 두 사람은 중간에 잠
깐 들른 편의점에서 구입한 즉석 밥을 꺼내 전자레인지에 돌리
고는 그 위에 불을 붙인 향을 하나 꽂았다. 그러고는 합장을 한
다음 잠시 망자를 위해 기도했다.

작은 위로가 끝나자 이내 말없이 마무리 작업이 진행되었
다. 장판과 벽지 상태를 점검하고, 창문을 열어 환기시키며 마
지막으로 집 안 곳곳을 소독했다. 그러고 나서 혹시 망자의 물
건이 어디선가 불쑥 튀어나오지 않도록 꼼꼼하게 여기저기를
살폈다. 점심시간 이후와 퇴근 시간 사이에 존재하는 조금이나

마 여유가 머무는 오후의 어느 즈음이었다. 바깥 날씨는 화창했지만 그들이 머무는 집 안은 햇볕이 들지 않았고 온기를 느끼기도 힘들었다. 바로 이웃해서 서 있는 빌라의 벽이 앞을 가로막고 있었다.

창문 밖의 벽을 보고 있던 그는 학창 시절에 갇혀 있던 화장실 문을 떠올렸다. 그러자 과거 그림자가 그에게 말을 걸어왔다.

'뭐가 보이냐?'

과거의 그림자들이 모두 모인 동굴 속에서 울려 퍼질 듯한 목소리였다. 그는 아무런 대답도 하지 않았다. 환청이란 사실을 알아차릴 만큼의 이성은 남아 있었기 때문이다. 그러자 그림자는 그를 채근하듯 다시 말을 걸어왔다.

'뭐가 보이냐고.'

그가 혼란스러움을 털어 내기라도 하듯이 고개를 절레절레 젓자, 김 대리가 가까이 다가와 물었다.

"괜찮으세요?"

"괜찮아요."

김 대리는 대답과 달리 어두운 얼굴로 혼란스러워하는 그를 바라보았다. 그 역시 김 대리를 말없이 쳐다보았다. 김 대리의 고요한 눈은 차가웠지만 사람을 차분하게 만드는 힘이 있었다. 그는 조금 진정이 되자 고개를 돌려 상대의 시선을 외면하며 말했다.

"고마워요."

"혹시라도 다른 뭔가가 보이거나 들리시진 않아요? 발아래에서 들려오는 소리에 이끌려 아래를 내려다보지 마세요. 전에도 말씀드렸듯이 지금 과장님은 외줄을 타는 중이니까. 앞만보고 천천히 걸으세요."

"앞을 바라봐도 건너편이 보이지 않으면요?"

"어차피 건너편은 보이지 않아요. 외줄의 끝은 안개 속에가려져 있으니까."

그는 어느 누구도 보이지 않는 세상 속에서 살아가는 여자를 떠올렸다. 여자는 외줄을 타다가 잘못해서 바닥으로 떨어진것인지도 몰랐다. 외줄을 타고 있는 사람들 눈에는 추락한 여자가 보이지 않는다. 그들의 시선이 닿지 않는 아래에 있기 때문이다. 그렇다고 불쌍한 여자를 내려다보았다간 외줄에서 떨어질 수도 있었다. 반면 여자는 외줄을 타는 누군가의 눈길을받기만 해도 다시 외줄 위로 올라올지도 모른다고 그는 생각했다. 하지만 떨어질까 봐 아래를 내려다볼 수 없는 그들은 여자를 바라볼 수가 없는 것이다.

우연히 여자와 눈을 마주친 그가 조금만 더 오래 바라봐주었다면 여자는 다시금 다른 외줄 위에 올라 끝이 보이지 않는 건너편을 향해 조심스럽게 한 걸음씩 내딛고 있을지도 몰랐다. 날아오르기 위해서는 누군가의 따뜻하고 성실한 시선만으로 충분했을 테니까. 하지만 여자와 짧게 눈을 맞춘 뒤 몸이 휘청거리자 그는 본능적으로 고개를 돌려 앞을 바라보았다. 그렇게 여자는 그의 시선에서 다시 사라져 버렸다. 그는 지금도 저 아래에서 자신의 머리 위로 거미줄처럼 수없이 놓인 외줄을 올려다보고 있을 여자를 생각했다.

묘한 기운을 느낀 그는 현관 쪽을 바라보았다. 며칠 전 이곳을 치우다가 만난 청년이 서 있었다. 청년 역시 여자처럼 줄 아래로 떨어진 경우였다. 다만 여자와 낙하지점이 달랐을 뿐이다. 그가 말없이 청년을 바라보는 동안 김 대리가 청년에게 말을 걸었다.

"이제 여기는 빈집이에요."

"아니요, 여기는 제 집입니다."

청년은 굳은 표정으로 단호하게 말했다. 하지만 단단해 보이는 얼굴에 박힌 두 눈동자는 깨진 창문 앞에 놓인 촛불이 불안하게 흔들리는 모습을 연상시켰다. 그는 직감적으로 청년이 자신의 운명을 받아들일 수밖에 없다는 사실을 깨달았다. 김 대리는 처음보다는 좀 더 풀어진 얼굴로 안쓰럽다는 듯이 청년을 바라보았다. 그러고는 조금 떨리는 목소리지만 단호하게 다시 말했다.

"아니요, 이제 이곳에는 당신이 머물 데가 없어요."

"말도 안 되는 소리 그만하고 내 집에서 나가 주십시오."

이제 청년은 눈에 띄게 몸을 벌벌 떨었다. 김 대리는 한숨을 쉬고는 고개를 절레절레 저었다. 그는 자기도 모르게 청년 앞으로 걸어갔다. 그러고는 그 앞에 멈춰 선 뒤에야 정신을 차리고는 당황했다. 자신의 의지와 상관없이 움직인 다리에 비해, 입은 의지대로 움직여 주지 않았다. 놀란 청년은 두어 걸음 뒤로 물러서며 경계하는 눈빛으로 그를 쏘아보았다. 몇 번이나 입술을 달싹거린 끝에 겨우 그는 청년에게 말했다.

"안됐지만 당신은 다른 사람들에겐 더 이상 보이지 않아요. 줄에서 떨어졌으니까."

한번 말문이 트이자 그는 한결 마음이 편안했다. 청년은 공포와 불안이 뒤섞인 표정으로 그를 노려보았다. 그럴수록 그는 오히려 차분하고 냉정해졌다. 본의 아니게 그는 지금 판사석에 앉아 있었다. 이내 판결을 내리듯 청년을 향해 한결 명확한 목소리로 말했다.

"당신이 보이는 곳으로 가세요. 그곳에서 다시 외줄에 오를 수 있을지도 모릅니다."

청년은 항변할 것처럼 입을 벌렸다가 이내 아무 말도 하지 못한 채 멍하니 그를 쳐다보았다. 벌린 입도 다물지 못한 채 잠깐 동안 애처롭게 그를 바라보던 청년은 이내 결심이 섰는지 가볍게 입술을 질끈 깨물고는 뒤돌아섰다. 그러고는 현관문을 열고 오후의 햇살이 비치는 환한 바깥으로 나가더니 이내 두 사람의 시야에서 사라져 버렸다. 김 대리가 고생했다는 듯이 그에게 다가와 어깨를 토닥이며 말했다.

"잘하셨어요. 이제 과장님은 계속 앞만 보고 걸어가세요. 두 번 다시 아래는 쳐다보지 마시고요."

그에게는 어느 누구의 눈에도 보이지 않았던 여자가 쓴 일기장이 아직 남아 있었다. 스탠드를 켜 놓았지만 집 안의 불을 모두 끈 탓인지 거실은 전체적으로 어둡고 휑한 느낌을 주었다. 벽시계는 이제 막 자정이 지난 시각을 가리켰다. 그는 우두커니 벽에 기대고 앉아 일기장을 손에 들고 이리저리 살펴보았다. 어느 문구점에서나 쉽게 볼 수 있는 흔한 일기장이었다. 다만 그 안에 담긴 여자의 이야기는 흔한 게 아니었다. 하긴 모든 사람들도 이 일기장과 비슷했다. 그 속을 보지 않으면 다른 일기장과 구별되지 않듯이 사람들도 마찬가지였다. 그때 어둠 속에서 다시금 그림자의 목소리가 들렸다.

'말 안 하지? 뭐가 보이냐고?'

그는 꺼져 있는 텔레비전을 묵묵히 바라보았다. 그러자 텔레비전이 조금 출렁이는 것처럼 보이더니 까만 화면에 회색빛 노이즈가 일어나면서 점점 더 화면 전체를 뒤덮었다. 텔레비전을 가득 채운 희고 검은 수많은 점들은 모래 알갱이나 혹은 작은 벌레들처럼 보였다. 아무 소리도 들리지 않았지만 가만히 노이즈를 바라보고 있는 것만으로도 시끄러운 잡음이 들려오는 듯했다.

시간이 지날수록 노이즈를 일으키던 희고 검은 알갱이들은 점차 합쳐지며 선과 면을 이루더니 뚜렷이 구별되는 형상을 만들어 나갔다. 이내 불이 꺼진 텔레비전 화면 위로 그가 가장 혐오하고 저주하는 인물의 얼굴이 떠올랐다. 수많은 점들로 이뤄진 그 얼굴은 일종의 모자이크화처럼 보였다. 이내 흰 점과 검은 점으로 이뤄진 입술이 달싹거리며 그에게 다시 말을 걸었지만 이번에는 아무 소리도 들리지 않았다. 텔레비전에 떠오른 얼굴은 이내 입을 다물었다. 그러고는 힘이 다했는지 선을 이루었던 흰 점과 검은 점이 흩어지고 다시 노이즈로 돌아갔다.

그 순간 나갔던 전기가 다시 들어오기라도 한 것처럼 텔레비전에서 강한 흰 빛이 뿜어져 나왔다. 그는 눈을 질끈 감았다. 그러고는 아주 오래전, 저주받은 장소로 다시 돌아갔다는 사실을 본능적으로 깨달았다.

2교시 수학 시간이 끝나자 그는 여느 때처럼 화장실로 끌려갔다. 반을 주름잡던 놈은 항상 월요일 2교시 수학 시간이 끝나면 그를 화장실로 데려가 두들겨 팼다. 단지 수학이 싫다는 이유 때문이었다. 그날도 그렇게 놈의 패거리들이 화장실에서 볼일을 보던 다른 학생들을 모두 억지로 내보낸 다음 그를 구타했다. 놈들은 언제나 얼굴을 피해서 때렸다. 멍이 생기거나 피가 터지면 금세 선생들에게 발각되었기 때문이다. 그렇게 한동안 그를 두들겨 패던 놈이 웬일인지 그날따라 일찍 구타를 멈추더니 불쑥 거울을 그에게 내밀며 말했다.

'뭐가 보이냐?'

거울 속에는 비루한 시간을 견디고 있는 십 대 아이가 있었다. 그는 자신을 닮았지만 전혀 다른 사람처럼 보이는 그 몰골을 말없이 바라보았다. 이상한 일이었지만 자존심이 상한다거나 굴욕을 느낄 새도 없었다. 그 모습이 너무나 괴이해 보였기 때문에 그저 괴상할 따름이었다. 그가 아무런 대꾸도 하지 않자, 놈은 거울을 치우더니 다시 그의 배를 주먹으로 쳤다. 그가 배를 손으로 막은 채 웅크리자 두어 번 발길질을 하고는 다시 그에게 거울을 들이밀며 놈이 물었다.

'뭐가 보이냐고. 대답 안 하냐?'

억지로 거울을 바라보던 그는 깜짝 놀라 눈을 동그랗게 떴다. 거울 속에 비친 것이 그가 아니라 놈의 모습이었기 때문이다. 게다가 머리가 깨진 듯이 이마며 관자놀이로 피가 흘러내렸다. 초점을 잃은 눈도 이미 죽어 있었다. 그는 자신도 모르게 싱긋 웃고 말았다. 너무나 기쁘고 통쾌한 장면이었다. 놈은 그가 히죽거리며 웃자 미간을 찌푸리더니 거울을 치우고는 다시금 때렸다. 그럼에도 그는 더 이상 아프지 않았다. 그저 기분이 너무 좋았다. 그때 휴식 시간이 끝나는 종소리가 울렸다. 놈은 분이 풀리지 않는다는 듯이 씩씩거렸지만 결국 자기 자리로 돌아갈 수밖에 없었다.

놈이 오토바이를 타다가 교통사고로 죽은 것은 그로부터 이틀 뒤였다. 헬멧을 쓰지 않았던 놈은 자동차와 충돌하고는 곧장 아스팔트에 머리를 들이박아 그 자리에서 절명했다. 달려온 구급대원이 할 수 있었던 조치라고는 깨진 두개골 조각과 여기저기 흩어진 뇌수를 주섬주섬 모으는 일이 전부였다.

소식을 들은 그는 새어 나오는 웃음을 참을 수가 없었다. 얼마 지나지 않아 그는 피를 흘린 채 주위를 배회하는 놈을 간간이 보았다. 그때도 그는 미소를 지어 보였다. 동급생들은 갑자기 어딘가를 멍하니 바라보며 싱글싱글 웃는 그를 슬금슬금 피하기 시작했다. 놈이 죽은 후, 그를 괴롭히던 패거리들도 다들 몸을 사리느라 와해된 탓에 어느 누구도 그에게 가까이 가지 않았다.

정신을 차린 그는 여전히 불이 꺼져 있는 텔레비전 화면에 어렴풋이 떠오른 자신을 바라보고는 쓴웃음을 지었다. 그리고는 텔레비전을 향해 말했다.

"너는 지금 뭐가 보이냐?"

아무런 대답도 들려오지 않았다. 죽고 나서도 불쑥불쑥 나타나 그의 주위를 맴돌았던 놈은 그가 어느 순간 적당히 체념하고, 적당히 타협하고, 적당히 거짓말도 하게 되었을 무렵, 그러니까 이른바 어른이 되었을 즈음에 사라졌다. 이제는 놈을 떠올릴 때마다 더 이상 예전처럼 통쾌하게 웃을 수 없었다. 그는 고개를 절레절레 젓고는 텔레비전을 보고 말했다.

"그러게 주위를 좀 잘 살피지 그랬냐. 남들은 신경도 안 쓰고 네 멋에만 취해 살았으니 결국 어느 누구도 이제는 너를 못 보게 된 거야."

하지만 그는 이내 슬픔을 느꼈다. 사람들에게서 보이지 않게 되는 데에는 정말 수많은 이유와 원인이 있다는 사실을 깨달았기 때문이다. 외줄에서 조심스럽게 발걸음을 내딛지 않고 묘기 따위를 벌이다가 스스로 떨어진 놈이 있는 반면에 여자와 청년은 자신만의 잘못이라고는 할 수 없었다. 결국 그 역시도 언젠가는 외줄에서 떨어질 수밖에 없는 운명이었다. 그는 수십 억 개의 줄이 그물처럼 얽히고설킨 아래에 어떤 공간이 펼쳐져 있을지 짐작조차 되지 않았다. 다만 그곳에서는 더 이상 혼자 줄 위에 서는 일이 없었으면 하고 바랐다.

밤은 점점 더 깊어져 갔고 이제는 자야 할 시간이었다. 그는 자신이 몸을 대고 있는 벽이며 바닥이 더 이상 예전처럼 단단하고 딱딱한 것이 아님을 몸서리치게 느끼면서도 졸음이 서서히 밀려오는 것을 느꼈다. 그때 어둠 속에서 희미하게 빛나는 무언가가 언뜻 보였다. 그것은 일기장을 쓴 여자 같기도 했고, 취업을 준비하다 자살한 청년처럼 보이기도 했으며, 교통사고로 죽은 놈인 듯 여겨지기도 했다. 그는 일기장을 쓴 여자라고 생각하기로 했다. 눈꺼풀이 계속 감기는 와중에도 그는 희미한 윤곽을 향해 말했다.

"걱정 말아요. 이제 고개를 돌리지 않을 테니까. 그러면 언젠가는 다시 눈을 마주치겠죠."

그는 졸려서 눈꺼풀이 닫히는 와중에도 여자라고 생각되는 윤곽을 최대한 자세히 보려고 애썼다. 계속 시선을 떼지 않고 바라본다면 윤곽이 형상되고, 이내 이 세계에 그 누군가가 다시 다른 사람들 눈에도 보이게 될지 몰랐다. 그는 다시 보이게 되는 존재가 설령 놈이라 할지라도 기꺼이 계속해서 바라봐 줄 작정이었다. 물론 때가 되면 놈에게 주먹을 한 대 날릴 생각이긴 했지만.

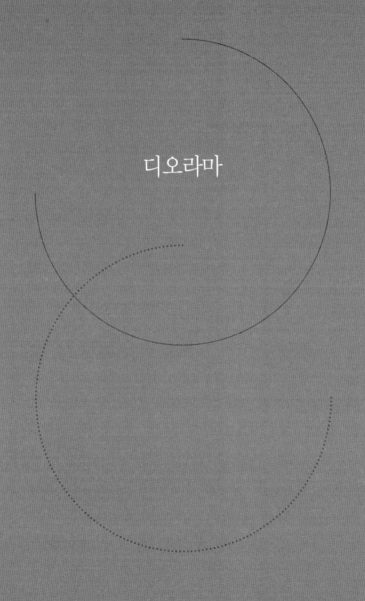

디오라마

━━━━━

몇 시간 전까지만 해도 내리던 폭설은 잠시 멈추었다. 병사들은 무릎까지 차오르는 눈길을 힘겹게 움직이며 진격하는 중이다. 독일식 철모와 방한 외투를 껴입은 병사들의 입에서는 당장에라도 허연 입김이 나올 듯했다. 만약 당신이 그 입김을 볼 수 있다면, 죽을 만큼 달리다 잠시 쉬게 된 말이 내뿜는 거친 입김과 비슷해 보일 것이다.

사실 이곳의 풍경은 말의 거친 숨과 팽팽한 근육을 연상시키는 부분이 있다. 병사들 사이, 사이로는 하얀 눈과 대조적인 시꺼먼 전차가 서 있다. 당장에라도 전차의 캐터필러는 모든 것을 짓누르며 가차 없이 돌아가기 시작할 것만 같다. 눈이 쌓여 하얀 도화지처럼 보이는 대지 위로 캐터필러 자국이 검은 타이어 자국처럼 길게 이어져 있다.

이 모든 풍경을 바라보는 것은 당신만이 아니다. 몇 그루의 앙상한 나무들도 양옆에서 지켜보고 있다. 마치 전차와 병사들로 구성된 팀의 경기 모습을 지켜보는 관람객들처럼 나무들은 서 있다. 만약 나무들이 정말 그런 심정으로 이 광경을 지켜보는 것이라면, 이번 경기는 인기를 크게 끌지 못하는 편이다. 모두 합해서 열 그루가 채 되지 않는 나무가 띄엄띄엄 서 있다. 하지만 다행히도 또 한 명의 관람객이 다가오는 중이다. 시장 골목 저편에서 한 사내가 남자의 가게를 향해 걸어 내려오고 있다.

남자의 가게로 가다 보면 골목 초입에 자리한 은행의 365일 무인 코너가 우선 눈에 들어온다. 주변 건물과 비교해 한결 깔끔하고 새침하게 들어선 은행 지점 왼편으로 초원 공인 중개사와 훼미리 마트가 자리했고, 남자의 가게인 '동화 과학사'는 그 사이에 옹색하게 들어서 있다.

인근 지하철역 1번과 2번 출구 어디로 나오든 간에 조금만 걸어가면 남자의 가게에 금세 도착할 수 있다. 비교적 큰길가에 들어선 것치고는 남자의 가게 간판은 인근 상가에 비해 눈에 띄게 낡아 있어 오히려 더 도드라져 보인다. 눈썰미가 좋은 사람이라면 남자의 점포가 움푹 들어가 있다는 사실도 금세 알아차릴 수 있다. 다른 두 점포에 비해 남자의 가게는 약 30센티미터쯤 안으로 들어가 있다.

동화 과학사 앞으로는 지하철 환풍구와 제설함이 놓여 있다. 사실 이곳은 지하철 입구와 바로 인접해 있으면서도 지나치기 쉬운 곳이다. 1번 출구로 나오면 바로 눈에 들어오는 곳은 은행 점포다. 2번 출구로 나오면 훼미리 마트가 먼저 보인다. 남자의 가게는 어느 출구로 나오더라도 몸을 조금 돌려서 몇 발자국 걸어가야 비로소 보였다. 하지만 일단 남자의 가게 앞을 지나치게 되면 사람들은 한 번쯤 눈을 돌려 진열창을 바라보게 된다. 거리에 면해 있는 작은 진열대의 모형들이 발길을 잠시나마 잡아끄는 것이다.

유리창에 붙어 있는 '동화 과학사'라는 글자 바로 아래에 놓인 진열대에는 시대와 국적을 불문한 모형들이 쌓여 있다. 진열대의 맨 위 칸에는 전투기들이 매달려 있다. 자세히 살펴보면 이차 세계 대전에 쓰였던 썬더볼트의 프로펠러 하나가 떨어져 나갔거나, F16 전투기의 날개에 미사일이 없거나 한다. 그 아래층으로는 잠수함, 전차, 자동차 등이 늘어서 있다. 로마 근위병 옆에 놓여 있는 T-34 전차의 캐터필러는 반쯤 벗겨져 있고, 잠수함의 표면에는 본드가 눌어붙어 있다.

트리케라톱스 공룡 모형이 침몰 직전처럼 보이는 비스마

르크호 갑판에 앞발을 올리고 있는 와중에 그 옆으로 영양실조에 걸린 듯한 티라노사우루스도 보인다. 합성수지가 벗겨져 허옇게 드러난 티라노사우루스의 허벅지는 안쓰러움을 자아낸다. 그 밖에 한 번도 제대로 움직여 본 적이 없어 보이는 모형비행기와 무선 자동차가 먼지가 쌓인 채로 갖춰져 있다.

대개의 사람들은 거기까지 보면 발길을 돌린다. 하지만 그때 당신이 가게 안으로 들어선다면 비로소 대단한 것을 볼 수 있게 된다. 문을 열고 가게 안쪽으로 좀 더 걸음을 옮기면 거리에 면한 통창에서는 보이지 않았던 당구대만 한 크기의 디오라마가 있는 것이다. 그 세밀함과 규모는 당신을 압도시키기에 충분하다. 시간을 들여 꼼꼼히 살펴보면 병사들의 표정 하나하나가 모두 다르다는 것도 알 수 있다. 거리에 면한 곳에서 봤던 모형들과 비교할 수 없을 만큼 그것들은 생생하게 펼쳐져 있다.

한 십 분쯤 디오라마를 보고 있으면 당신은 아직 만들어지지 않은 나머지 절반이 궁금해질지도 모른다. 그리고 그 절반을 보기 위해 남자의 가게를 찾는 손님 가운데 하나가 될 수도 있다. 사실 비어 있는 절반은 한때나마 남자의 웬만한 장사 벌이가 되어 주었다. 하지만 이제는 그것도 신통치 않다. 너무나 오래 비워 둔 탓이다. 만약 당신이 빈 공간이 채워지는 모습을 보기 위해 남자의 가게를 열심히 찾게 된다면, 단골손님 2호가 되는 셈이다. 유일하게 남은 단골손님 1호는 지금 시장 골목을 절반쯤 내려온 사내다.

사내는 두 손을 바지 주머니에 꽂고서 뚫어져라 정면을 응시한 채 내려오고 있다. 각진 얼굴과 구릿빛 피부는 선원을 연상시킨다. 잘 살펴보면 사내의 눈가에 파도처럼 일렁이는 잔주름이 펼쳐져 있다. 사내의 체구 역시 배의 넓은 갑판을 떠올리게 한다. 지금 사내는 야구 모자에 반팔 티셔츠와 반바지, 슬리퍼 차림이다. 얼굴에는 야구 모자의 챙이 만들어 내는 그림자가 짙게 드리워져 있다. 드러난 팔뚝에는 용 두 마리가 나란히 하늘로 승천하는 중이다. 두 마리의 용은 마치 DNA 염기 사슬처럼 꼬여서 구름을 뚫고 올라가고 있다.

사내의 양옆으로 정육점과 쌀가게, 과일 가게, 생선 좌판 등등이 나타났다가 사라진다. 시장 바닥 여러 군데에 파인 곳을 지날 때마다 고여 있던 비린내 가득한 더러운 물이 사내의 발가락으로 튀어 오른다. 하지만 사내는 그런 것쯤은 전혀 개의치 않는다는 듯이 계속 물을 튀겨 가며 느긋한 걸음걸이로 내려온다.

사내가 내려오던 시장 골목길 정상에는 낙원 아파트가 서 있다. 아파트는 지금 사내가 잠깐 서서 구경하고 있는 방앗간의 기계만큼이나 낡아 있다. 사내는 잠시 방앗간 집 앞에 펼쳐 놓은 떡을 바라보다 바지 주머니에 손을 넣는다. 잠깐 동안 주머니 속을 만지작거리던 사내는 다시금 큰 걸음을 옮긴다. 사내의 걸음에 방해될 만한 사람은 아무도 없다. 동네를 떠도는 버려진 개들조차 사내에게서 멀찍이 떨어진다.

시장 골목에 들어선 가게의 절반은 문이 닫혀 있다. 그나마 연 가게에서도 주인을 찾아보기란 쉽지 않다. 나물을 늘어놓은 좌판 할머니는 꾸벅꾸벅 졸고 있는 중이다. 마치 사내의 등장으로 대부분의 사람들이 피해 버린 것만 같다. 하지만 실상 사내의 등장 여부와 상관없이 아침부터 저녁까지 시장은 늘 이런 모습이다. 시장의 좌판들은 포성이 멈춘 뒤에 조용히 드러난 건물의 잔해들처럼 그렇게 널려 있기만 할 뿐이다.

사내가 동화 과학사 문을 열고 들어서기 몇 분 전에 한 여자가 가게 안으로 들어선다. 남자는 그때 마침 독일군 전차 하나를 눈 위에 고정시키고 나서 고심하는 중이다. 전차는 대전차포를 맞아 반쯤 부서진 상태다. 남자는 하얗게 쌓인 눈을 배경으로 검은 연기가 이는 것을 표현하고 싶지만 방법을 찾을 수 없다. 조금 전에 독일군 병사 하나를 고정시킬 때도 비슷한 문제에 봉착했었다. 허연 입김이나 검은 연기를 표현하기란 거의 불가능하다. 디오라마에 속한 모든 것들에게는 말과 소리가 부재하기 때문이다.

다만 입김이나 연기가 당장에라도 피어오를 것처럼 보이

게 할 수는 있다. 좀 더 정밀하게 세세한 부분까지 표현하면 가
능하다. 게다가 규모도 중요하다. 시선이 한 대의 전차나, 한
명의 병사에만 오래 머물지 않도록 광범위하게 만들면 된다.
전체적인 규모로 관객을 압도하는 것이다. 남자는 선반 위에서
독일군 전차 한 대를 더 꺼내 조립해야겠다고 마음먹는다. 그
런 생각을 하며 고개를 드는 순간, 남자는 그제야 자신의 디오
라마 앞에 서 있는 여자를 발견한다.

　여자는 남자의 시선을 담담히 받으며 미소 짓고 있다. 고
개를 살짝 옆으로 움직인 것처럼도 보인다. 긴 웨이브 머리에
작은 진주 귀고리를 달고 이목구비가 오밀조밀한 미인이다. 특
히 가느다란 눈과 얇고 날렵한 입술은 가게 안의 칙칙한 풍경
을 단번에 바꿔 버린다. 여자는 전체적으로 작고 예쁜 향수병
을 떠올리게 한다. 분홍색 투피스 차림에 나이는 사십 대 초반
에서 중반쯤의 어느 지점에 있는 것처럼 보인다. 여자의 두 손
에 들린 핸드백의 모양이 그쯤 되는 나이예요, 라고 말하고 있
다. 핸드백은 검은색에 작은 보석 같은 것들이 깨알처럼 박혀
서 움직일 때마다 미묘한 빛을 내뿜는다. 멋지면서 중후한 느
낌이다.

　남자는 말없이 여자에게 무슨 일이냐는 식으로 눈빛을 보
낸다. 여자에게는 찌푸린 것처럼 보일 수도 있는 표정이다. 하
지만 그것은 남자의 눈빛이 흔들리고 있기 때문이다. 말없는

남자의 모습에 여자는 조금 당황한다. 여자는 남자의 시선을 외면한 채 가게 안을 한 바퀴 둘러본다. 남자는 여자의 동선을 눈으로 집요하게 좇는다.

"아담하고 멋진 가게네요."

여자는 남자의 얼굴을 보지 않은 채 그렇게 말한다. 그러고는 계속 가게 안을 구경하기 시작한다. 남자는 두 손을 엉덩이에 대고 비빈 다음 기도하는 모습으로 두 손을 깍지 낀다. 하필 그때 여자는 뒤돌아서 남자를 바라본다. 진짜로 남자는 여자 앞에서 기도하는 꼴이 되고 만다. 슬그머니 깍지를 푼 남자의 두 손이 펼쳐져 있는 디오라마에 가 앉는다. 남자의 두 손 사이로 작은 전나무 한 그루가 서 있다. 남자의 왼쪽 새끼손가락은 돌격하고 있는 독일군 병사의 앞길을 막고 있는 중이다.

"그거 멋지네요."

여자의 긴 손가락이 남자의 두 손과 전차 중간쯤 되는 어느 지점을 가리킨다.

"모형인데 정말 정교하게 잘 만들었네요. 아직 절반뿐이지만 만드느라 고생했겠어요."

살짝 웃는 여자의 눈가에 미세한 주름이 잡힌다. 남자는 짚은 두 손을 움직이려다가 잘못해서 독일군 병사 하나를 쓰러트려 버린다. 병사는 총에 맞은 것처럼 나자빠진다. 방금 전까지 왼쪽 새끼손가락이란 장애물에 막혀 주춤하던 병사다. 남자는 전사한 병사를 의식하지 못한 채 손을 들어 내젓는다. 그런 칭찬은 과분하다는 표정이다. 여자는 남자의 행동을 보고 비로소 환하게 웃는다.

사내와 여자는 간만의 차이로 비켜 간다. 그것은 사내가 은행 무인 지점에서 돈을 확인하느라 평상시보다 조금 늦은 시간에 남자의 가게에 들어섰기 때문이다. 사내가 잔금이 9,000원임을 확인하고 있을 때, 여자는 사내의 등을 언뜻 쳐다보며 지나쳐 갔다.

사내의 옆에서 현금을 찾던 아주머니는 사내의 오른손을 쳐다본다. 사내는 그 시선을 느끼고 얼른 오른손을 바지 주머니에 꽂는다. 그러자 아주머니는 물끄러미 사내의 얼굴을 쳐다본다. 그러고는 혀를 차며 점포 바깥으로 나간다. 사내는 그런 아주머니의 등에 대고 입술을 실룩거리다가 침을 한 번 꿀꺽 삼킨다. 그런 다음 돌아서서 현금카드를 뽑아 든다.

사내가 무인 지점의 문을 열고 나왔을 때 이미 여자는 지하철 계단을 절반쯤 내려간 상태다. 사내는 여자의 정수리 부분만을 살짝 본다. 물론 그것은 사내에게 큰 의미가 없는 어느 누구의 뒤통수일 뿐이다. 하지만 사내는 여자의 정수리가 완전히 사라질 때까지 발걸음을 옮기지 않는다. 여자의 머리 모양으로 봐서는 얼굴도 예쁠 것이라고 사내는 생각한다. 그래서 어쩌라고, 하는 반발심이 갑자기 솟아난다. 사내는 혀로 입술을 한 번 핥은 다음 길거리에다 가래침을 뱉는다.

동화 과학사 바로 앞에서 사내는 할머니와 마주친다. 할머니는 옆으로 멀찌감치 비켜선 채 사내의 행동을 예의 주시한다. 할머니를 향해 웃어 주려던 사내의 입술이 살짝 일그러져 버린다. 할머니는 뒤로 두 발짝 더 물러서더니 사내의 얼굴과 오른손을 번갈아 바라본다. 사내는 할머니에게 누런 이를 드러내면서 활짝 웃는다. 할머니는 뒤돌아서 얼른 왔던 길로 다시 바쁘게 발걸음을 옮긴다.

"잘 가요! 만수무강하고!"

사내는 손을 들어 흔들면서 크게 소리친다. 길거리를 걷던 행인 몇 명이 사내를 바라본다. 길을 가던 여학생 두 명이 멈춰 선 채로 사내의 등을 노려본다.

"시팔."

사내는 아무도 듣지 못하게 조용히 욕하고는 거칠게 동화 과학사의 문을 열고 안으로 들어선다.

동화 과학사 안의 남자는 전차의 포신을 든 채 카운터에 앉아서 멀거니 앞을 보고 있다. 남자는 유리창에 붙어 있는 '동화 과학사'라는 글자에서 '동'자의 'ㅇ'자 안에 시선을 고정시킨다. 'ㅇ' 안으로 꾸준히 사람들과 차들이 들어왔다가 나간다. 외눈 안경을 통해서 책을 읽는 것처럼 남자는 열심히 그 풍경들을 바라본다. 남자의 동그란 홍채와 글자 'ㅇ'자가 한 사람에게 겹쳐진다. 야구 모자를 쓴 사내다. 그 사내 역시 'ㅇ'자를 통해서 가게 안을 살펴보고 있다. 남자는 고개를 숙인 다음 들고 있던 전차의 포신에다 접착제를 바르기 시작한다. 사내는 손을 비비며 가게 안으로 들어선다.

"여전히 이 가게는 썰렁하구먼."

사내의 말에도 남자는 고개를 들지 않은 채 조립에만 신경쓴다. 사내 역시 남자의 태도에 전혀 개의치 않는다. 익숙한 동작으로 가게 한구석에 놓여 있던 의자를 집어 와서 디오라마 앞에 앉는다. 사내는 야구 모자를 돌려쓰듯이 의자를 돌려 등받이 위에다 손을 얹고는 디오라마를 가리킨다.

"이거 언제 다 만들거유? 당신은 솜씨가 좋지만 너무 게을러서 탈이야."

여전히 남자는 사내의 말에 대꾸하지 않는다.

"시팔."

사내는 다시 한 번 조용히 욕한다.

치열하지만 고요한 전장을 사이에 두고 남자와 사내가 마주 앉아 있다. 여전히 디오라마의 독일군들은 둥둥 떠다니다가 파도가 치면 해변으로 밀려드는 빈 병과 스티로폼 조각들처럼 텅 빈 앞을 향해 돌진하는 중이다. 남자는 전차의 바퀴를 하나씩 달기 시작한다. 사내는 그런 남자의 손을 유심히 살펴본다.

참 뭉툭하고 못생긴 손이다. 저런 두툼한 손가락으로 정교한 모형을 만든다는 게 믿어지지 않는다. 남자의 손톱 위에는 접착제가 하얀 실뭉치처럼 붙어 있다. 하지만 사내가 앉은 자리에서는 그것까지 보이지는 않는다.

그때 떨어지는 둥근 동전 같은 것이 사내 눈에 들어온다. 그것은 조금 굴러가다가 납작하게 드러눕는다. 전차의 바퀴다. 그제야 남자는 고개를 들어 사내를 쳐다본다. 하지만 이내 남자의 두 눈동자는 바닥을 빠르게 훑기 시작한다. 바퀴는 사내가 앉은 자리와 디오라마 중간쯤에 떨어져 있다. 남자가 떨어진 바퀴를 줍는다. 사내와 남자의 눈이 짧은 순간 마주친다.

야구 모자가 만든 그늘에 가려졌지만 사내의 얼굴에는 붉은 흉터 자국이 선명하다. 흉터는 불에 녹아 눌어붙은 플라스틱을 연상시킨다. 의자 등받이에 올린 남자의 오른쪽 가운뎃손가락은 첫 번째 마디만 남은 채 뭉툭하게 잘려 있다. 남자는 얼른 뒤돌아서서 다시 자기 자리로 걸어가 버린다.

"시팔. 다른 데서 시간을 때우든가 해야지 원."

남자는 고개를 들고 사내를 노려본다. 사내는 헛기침을 한다. 그런 다음 야구 모자를 벗어서 머리를 한 번 매만진 다음 반듯하게 다시 고쳐 쓴다.

사내가 동화 과학사를 다녀가고 나서 일주일 동안 여자는 세 번을 더 찾아온다. 그간 사내는 일곱 번을 다녀갔다. 초원 공인 중개사의 노인도 한 번 방문했다. 하지만 세 사람은 한 번도 마주치지 않았다. 항상 절묘한 타이밍으로 비켜 갔던 것이다. 남자 입장에서는 그보다 다행스런 일은 없었다. 남자는 이제 여자가 찾아와도 더 이상 허둥대거나 하지 않았다. 대신 여자가 가게를 나갈 때까지 남자는 모든 동작을 멈추고 여자의 행동을 유심히 바라보았다.

가게를 찾는 여자의 행동은 처음과 거의 다르지 않았다. 마치 프로그램이 된 인형을 가게 안에 투입시키는 것처럼 보일 정도였다. 여자의 시선은 항상 왼쪽 벽에 걸린 건담 포스터에서 시작해 오른쪽 선반에 놓여 있는 모형 비행기에서 멈췄다. 그런 다음 가게 한복판에 자리한 디오라마를 쳐다보았다. 멋지네요, 내지는 대단해요, 라는 말 또한 비슷했다. 그런 다음 살짝 웃어 보이고는 가게를 나가는 것이 여자의 행동 전부였다.

물론 다르게 행동한 날도 있었다. 하루는 수첩을 들고 와서 가게 안을 두리번거리며 뭔가를 열심히 적어 갔다. 그때 여자는 남자에게 인사를 제외하고 단 한마디도 건네지 않았다. 골똘히 생각하는 폼이 화난 사람처럼 보여서 남자 역시 그날은 안절부절못했다.

사내의 행동 역시 거의 변함이 없었다. 아무렇지 않게 찾아와서 의자에 앉은 다음 디오라마를 구경했다. 그때마다 사내는 남자에게 말을 걸었지만 남자는 대꾸하지 않았다. 그러면 사내는 머쓱해하며 남자가 조립하는 것을 물끄러미 쳐다보았다. 혼잣말로 시팔을 몇 번씩 되뇌는 것도 똑같았다. 그렇게 사내는 투덜거리면서도 십 분쯤 남자가 하는 양을 지켜보다가 나갔다.

그래도 사내는 남자를 조금 불쾌하게 만들 뿐이었다. 초원 공인 중개사를 운영하는 노인은 불쾌함을 넘어서 불편함까지 주었다. 노인은 이번 달 말까지 가겟세를 지불할 것을 최후 통첩한 뒤에 돌아갔다. 그 방문을 끝으로 가게를 다시 찾지 않은 것은 이상한 일이었다. 전달은 네 번씩이나 찾아와서 가겟세를 내라고 독촉했었다. 어쨌거나 노인이 더 이상 찾아오지 않는다는 사실에 남자는 적잖이 안심했다. 그럼에도 초원 공인 중개사 앞을 지날 때마다 남자는 자연스레 빠른 걸음이 되었다. 다행히도 노인이 남자를 불러 세운 적은 한 번도 없었다.

누군가 남자의 어깨를 살짝 친다. 남자는 뒤를 돌아본다. 여자가 서 있다. 남자는 반쯤 내려간 가게 셔터를 등지고 어정쩡한 표정을 짓는다.

"오늘은 가게 문을 일찍 닫으시나 봐요?"

여자는 그렇게 말하면서 눈을 약간 찡그린다. 남자는 말없이 고개를 젓는다. 남자는 셔터 문을 다시 올린 다음 여자를 기다리지 않고 먼저 성큼 가게 안으로 들어선다. 여자는 그런 남자의 행동을 미소 지으며 지켜보다가 따라서 가게 안으로 들어선다.

저녁 어스름 때문에 가게 안은 어둡다. 스위치를 찾아 벽 위를 헤매는 남자의 손이 여자의 손과 잠시 부딪친다. 남자의 손가락이 미모사잎처럼 오그라든다. 여자가 대신해서 스위치를 찾아 불을 켠다. 곧 가게 안이 환해진다. 잠깐 눈을 찌푸린 남자는 그대로 카운터 쪽으로 걸어가 버린다. 여자는 다시 늘 하던 대로 가게 안을 둘러보기 시작한다. 마치 은밀한 밀회라도 하는 듯해서 남자의 가슴이 두근거린다. 하지만 그들을 지켜보는 사람이 있음을 남자는 물론 여자도 알아차리지 못한다.

방금 전까지 사내는 시장 골목 모퉁이에서 가게 안으로 들어가는 남자와 여자를 지켜보고 있었다. 사내는 마침 남자의 가게를 찾아가는 길이었다. 다행히도 사내는 남자나 여자가 자신을 알아차리기 전에 초원 공인 중개사 벽에 기대어 숨을 수 있었다. 그들이 가게로 들어가 버린 뒤에도 한참 동안 사내는 숨어서 상황을 주시한다. 그러다 조심스럽게 동화 과학사 쪽으로 움직인다.

사내가 주변을 살피며 초원 공인 중개사 앞을 지나는 동안 그를 쳐다보는 또 한 사람이 있다. 초원 공인 중개사 노인이다. 때마침 노인은 중국집에서 배달해 온 짜장면을 펼쳐 놓고는 제대로 떨어지지 않은 나무젓가락을 탓하며 밖을 쳐다보는 중이었다. 야구 모자를 눌러쓴 삼십 대 후반쯤으로 보이는 사내 한 명이 주변을 두리번거리며 지나가자 노인은 혀를 찬다. 노인은 사내가 매일 동화 과학사를 찾아갔다가 아무것도 사지 않고 나온다는 사실을 이미 잘 알고 있다. 낮이고, 밤이고 빈둥대는 것을 보면 백수임이 분명하다고 노인은 생각한다. 몇 번 더 짧게 혀를 찬 노인은 젓가락으로 짜장면을 비비기 시작한다.

그런 노인의 행동을 또한 지켜보는 존재가 있다. 바로 가게 벽에 걸려 있는 시계다. 벽시계는 단순한 원 모양에 불필요한 장식 따위는 하나도 달려 있지 않는 기능적인 모습이다. 대중목욕탕 벽에 걸려 있을 법한 시계다. 시계의 유리판 위로 반쯤 벗어져서 번들거리는 노인의 머리가 비친다. 이마에는 굵은 지렁이 같은 주름이 잡혀 있고 거무튀튀한 얼굴에는 검버섯이 피어 있다. 노인이 고개를 들고 면발을 입 안으로 쑤셔 넣을 때마다 불룩 솟은 아랫배가 보인다. 마치 노인의 아랫배가 대신 짜장면을 먹는 것처럼 실룩거린다. 와이셔츠의 단추는 당장에라도 튕겨 나갈 것 같다. 실제로 아랫배 부분의 단추 실이 반쯤 해져 있다. 누런 얼룩이 묻어 있는 와이셔츠 위로 푸른색 줄무늬 러닝셔츠가 실루엣처럼 비쳐 보인다.

하지만 둥근 원을 통해 가게 안을 들여다보는 존재는 시계만이 아니다. 지금 사내도 초원 공인 중개사에 걸린 벽시계처럼 동화 과학사 안을 몰래 구경하고 있다. '동화 과학사'라고 유리창 위에 붙어 있는 아크릴 글자의 'ㅇ' 구멍에다 사내는 얼굴을 들이대고 있다. 가게 안의 남자와 여자가 움직일 때마다 사내의 얼굴도 따라서 '동'자에서 '화'자로 '학'자로 번갈아 움직인다. 사내의 눈에 남자가 여자에게 뭔가를 건네주는 것이 보인다. 사내의 혀가 입술을 한 번 핥는다. 여자가 입에다 손을 댄 채 어깨를 조금 들썩거리며 웃는다. 그 모습을 본 사내가 나직이 중얼거린다.

"가증스러운 것. 시팔, 근데 이걸로 끝이야?"

사내는 유리창을 뚫을 듯이 머리를 갖다 댄다. 사내의 목젖은 계속 실룩거린다. 뭉툭하게 잘린 사내의 가운뎃손가락 위로 티라노사우루스 모형의 머리가 보인다. 공룡의 몸통은 사내의 굵은 손가락에 반쯤 가려진 채다. 덕분에 사내의 가운뎃손가락에 공룡의 머리를 붙여 놓은 것처럼 보인다.

"이봐요, 형씨. 이건 대체 언제 완성되는 거요?"

의자에 두 다리를 벌린 채 앉아 있던 사내가 투덜거린다. 남자는 사내의 맞은편에서 디오라마에 철조망 모형을 부착시키고 있는 중이다.

"그거 진짜 철조망 같네. 형씨는 확실히 손재주가 좋아.

난 이놈의 손 때문에 뭔 일도 못 하는데."

사내는 한쪽 다리를 떨면서 오른손을 들어 남자에게 보여 준다. 두 마디는 잘려 나간 중지 때문에 사내의 손은 마치 집게처럼 보인다. 남자는 고개를 들어 사내를 바라본다. 그러고 나서 다시 고개를 수그리고 철조망을 연결하는 데 몰두한다. 사내는 하품을 하면서 가장 가까이에 있는 전차 모형 하나를 매만진다. 남자는 고개를 들지도 않은 채 오른손으로 모형을 만지고 있던 사내의 손에서 전차 모형을 빠르게 치워 버린다.

"거, 정말."

머쓱해진 사내는 그렇게만 말할 뿐이다.

"내가 왜 만날 여기 와서 이러고 있는 줄 아쇼?"

남자는 이제 솔로 디오라마 위에 쌓인 먼지들을 털어 내고 있다.

"이게 진짜 우리 인생살이와 똑같아서 그거 보는 재미가 쏠쏠하니까, 염병할."

사내는 고개를 옆으로 돌려 침을 바닥에 찍하고 뱉는다. 그러고는 오른발로 뱉은 침을 바닥에 뭉개 버린다.

"시팔, 그래도 하루하루가 전쟁이던 시절이 좋았지. 나 같은 패잔병이 이제 뭐 해? 뭐, 이것들도 언젠가는 다 쓰레기통행이겠지만."

사내는 검지로 디오라마 모형들을 툭툭 친다. 여전히 한쪽 다리도 떠는 중이다.

"그래도 이거 보고 있으면 왠지 내가 애들에게 명령 내리는 장군 같은 기분이 되걸랑. 돌격하라! 넌 뒈져라, 넌 뒈지지 마라. 뭐, 이런 식으로 말이야."

그러면서 사내는 쿡쿡 웃기 시작한다. 그때 가게 문이 열린다. 사내는 얼른 고개를 돌려 누가 오는지를 보려 한다. 상대를 확인한 사내의 눈이 찌푸려진다. 초원 공인 중개사의 노인이다. 노인은 사내가 있는 것을 보고 문 앞에서 잠시 주춤거린다. 하지만 곧 결심했다는 듯이 가게 안으로 성큼 들어온다. 반쯤 벗어진 노인의 이마가 번들거린다. 뒤뚱뒤뚱 남자에게 다가서는 폼이 오리를 연상시킨다. 돌출한 입은 오리 부리를 닮아 있다. 노인의 얼굴에는 검버섯과 더불어 미간과 콧등 주변에 주름이 잔뜩 보인다. 눈동자는 황달 기가 있는 것처럼 노랗다. 그래도 고집스럽게 보이는 입과 두꺼워 보이는 목은 노인이 아직 정정하다는 것을 보여 준다. 노인은 남자에게 다가가서 어깨를 툭툭 친다. 그제야 남자는 고개를 들고 노인을 바라본다. 사내는 남자의 입가가 일그러지는 것을 놓치지 않고 쳐다본다.

"만날 이 짓만 하니 언제 돈을 모아. 쯧쯧. 대체 언제 가겟세는 낼 거야? 자꾸 이런 식으로 나오면 나도 다 생각해 놓은 게 있어!"

남자는 고개를 숙이고 입으로 모형 위에 쌓인 먼지들을 불어 내기 시작한다. 노인의 얼굴이 벌겋게 달아오른다. 사내는 그런 노인을 바라보며 쿡쿡거리며 웃는다.

남자는 지금 구스타프포를 조립하는 중이다. 역사상 가장 컸던 이 대포는 이차 세계 대전 때 독일에서 만들어졌다. 전장만 43미터에 무게는 1,350톤이나 나가는 대형 포로, 무게 때문에 레일 위에 설치되어 발사했을 정도였다. 포를 운반하는 데 60량의 전용 열차를 사용하고 조립하는 데만 6주가 필요했다. 이 정도 되면 포의 위력을 떠나서 위용만으로도 충분히 적을 압도시킬 수 있다.

포는 거의 완성된 상태다. 디오라마에 미리 깔아 놓은 레일 위에 얹기만 하면 바로 전장에 투입될 수 있다. 남자는 구스타프포의 포신을 손가락에 끼워 담배처럼 피우는 시늉을 한다. 입 모양을 동그랗게 만들어서 연기를 내뿜는 흉내를 내지만 당연히 연기는 나오지 않는다. 하지만 덕분에 남자는 오늘 낮에 비해 한결 여유 있고 차분해져 있다.

아직도 남자는 디오라마의 절반을 완성시키지 못했다. 원래 이차 세계 대전 때의 동부 겨울 전선을 만들 생각이었지만 이제 시간이 남아 있지 않다. 독일군 쪽은 거의 완성했지만, 소련군 쪽은 여전히 텅 빈 공간이다. 남자는 이제 완성시킨 구스타프포를 레일 위에 살며시 올려놓는다. 그런 다음 위치를 조금씩 바꿔 본다. 약간 앞으로 포를 전진시켰다가 다시 뒤로 후진시켰다가 하는 식이다. 몇 번 포의 위치를 바꾼 남자는 구스타프포를 프랑스군 야포 옆에다 놓기로 결정한다. 다시 포를 들어서 접착제를 바른 다음에 완전히 바닥에 고정시킨다. 이제 포는 제 위치를 잡았고 움직일 수 없다. 하지만 정지된 것들이 모일 때 비로소 하나의 움직임이 나타난다. 그것이 디오라마의 매력이다.

남자의 머릿속에 오늘 낮에 봤던 스틸 컷 같은 풍경이 떠오른다. 그 사진 속에서 제일 먼저 보이는 것은 여자다. 여자는 연두색 투피스에 예의 보석이 잔뜩 박혀 반짝거리는 검은색 핸드백을 들고 찾아왔다. 하지만 오늘 가게를 찾은 방문자는 여자만이 아니었다. 초원 공인 중개사의 노인도 여자 옆에 서 있다. 그렇게 나란히 서 있는 그들의 모습은 어딘지 모르게 닮은 데가 있다. 할아버지와 손녀라고 해도 어색하지 않을 정도다. 두 사람은 입가에 보이는 미소가 가장 비슷하다. 조금씩 당겨지기 시작한 활시위를 연상시키는 미소다. 그것은 바라보는 사람에게 기분 나쁜 긴장감을 만든다.

그다음으로 떠오르는 것은 잘린 사내의 가운뎃손가락이다. 사내는 나머지 네 손가락을 주먹 쥔 채로 죽 그들을 향해 내민다. 남자는 사내가 가운뎃손가락을 뻗어 욕을 하고 싶어

했다는 것을 알아차렸다. 사내의 왼손은 그런 모양으로 그들에게 욕을 하고 있었기 때문이다. 당당히 서 있는 왼손 가운뎃손가락에 비해 오른손 가운뎃손가락은 그저 주먹을 쥐고 있는 것처럼 보일 뿐이다.

그 모습을 본 여자와 노인이 얼굴을 찌푸린다. 노인이 사내에게 뭐라고 말하면서 호통을 친다. 사내도 그런 노인에게 뭐라고 맞받아치다가 쓰고 있던 야구 모자를 바닥에 내던진다. 그런 다음 가게 밖으로 나가 버린다. 여자는 사내의 뒷모습을 비웃으며 바라본다. 노인은 그사이 손수건을 꺼내서 이마의 땀을 닦는다. 남자는 그런 그들의 모습을 그저 물끄러미 바라볼 뿐이다.

노인은 여전히 분이 풀리지 않는지 남자를 보고서도 손가락질을 하면서 뭐라고 입을 벙긋거린다. 남자는 노인의 움직이는 입 모양만 보고도 지금 무슨 말을 하는지 알 수 있다. 노인의 입은 짜장면을 급하게 씹어 넘길 때와 비슷하게 움직인다. 노인은 말을 하다가 붉은 혀로 입술을 몇 번 핥는다. 그것이 꼭 뱀이 혀를 날름거리는 모습을 연상시킨다. 검버섯이 핀 얼굴에 비해 혀는 지나치리만큼 건강한 선홍색이다. 남자는 질끈 눈을 감아 버린다. 노인의 혀가 자신의 몸 구석구석을 핥고 지나가는 것처럼 느껴졌기 때문이다.

남자는 구스타프포를 붙이고 나서 허리를 펴고 디오라마를 내려다본다. 독일군 전차와 병사 사이사이에 티라노사우루스, 브라키오사우루스 같은 공룡 모형들이 보인다. 전투 로봇 모형들은 빌딩처럼 우뚝 서 있다. 로마군 병사와 기마병, 프랑스 근위병들도 간간이 눈에 띈다. 하지만 가장 도드라져 보이는 것은 가운뎃손가락이 정교하게 잘려 나간 독일군 병사다. 그 병사는 지금 전열 가장 앞에서 총을 들고 돌격하고 있다.

트리케라톱스 공룡 모형을 쓰다듬던 남자는 카운터 뒤에 걸려 있는 벽시계를 바라본다. 새벽 2시가 조금 지난 시간이다. 카운터 위에 놓인 영국군 간호 장교 모형이 보인다. 남자가 여자에게 선물했던 것이다. 노인과 함께 찾아온 여자는 그것을 다시 남자에게 돌려줬다. 그런 다음 여자는 여 보라는 듯이 손수건을 꺼내 손바닥을 닦았다. 하지만 미처 모형을 닦을 생각은 하지 않았다. 간호 장교의 옷 위로는 여전히 그녀의 지문이 남아 있다.

여기저기 잔해처럼 널려 있는 모형 부품들 사이에서 간호 장교는 한껏 미소를 지은 채 요염하게 서 있다. 남자는 그 모형을 집어 든다. 손바닥 안에서도 여자는 무서워하지 않는다. 어디에 놓아도 이 미소는 흐트러지는 법이 없을 것이다. 남자는 간호 장교의 발바닥에 접착제를 바르고 나서 티라노사우루스의 머리 위에다 그것을 붙인다. 다른 것들에 비해 까마득히 높은 위치에서 간호 장교는 모든 병사들을 지휘하는 것처럼 보인다.

간호 장교의 미소에 모두가 텅 빈 앞을 향해 달려가고 있다.

남자는 여전히 채워지지 않은 빈 공간에 조심스레 한 발을 올려놓는다. 그러고는 마지막 발도 올린다. 디오라마가 부서질 것처럼 흔들거린다. 남자는 소인국의 걸리버처럼 서서 모든 모형들을 내려다본다. 남자의 긴 그림자가 어둠처럼 디오라마 거의 전부를 덮어 버린다. 여자도, 공룡도, 병사도, 전차도, 구스타프포도 모두 남자의 그늘 속에 들어와 있다.

우뚝 선 남자는 두 팔을 한껏 벌린 채 크게 고함을 지른다. 하지만 남자의 목구멍에서는 아무런 소리도 나오지 않는다. 모형들이 입김을 내뿜지 못하는 것처럼, 연기가 나지 않는 것처럼, 소리가 들리지 않는 것처럼 남자의 크게 벌어진 입에서도 아무 소리가 나지 않는다.

두 팔을 벌리고 서 있던 남자는 잠시 그대로 서 있다가 천천히 팔을 내리더니 쪼그려 앉는다. 남자가 몸을 굽힐수록 디오라마를 뒤덮은 남자의 그림자도 점점 짧아진다. 이제 남자는 모로 눕는다. 그런 다음 한쪽 귀를 바닥에 대 본다. 마치 웅크리고 있는 태아 같다. 남자도 디오라마 위의 모형들도 이 순간 모두 정지해 버린다.

일주일 뒤, 동화 과학사가 있었던 자리는 동화 금은방으로 바뀐다. 긴 웨이브 머리에 작은 진주 귀고리를 한 여자는 동화 금은방에 앉아서 손톱을 손질하고 있다. 예전에 동화 과학사를 자주 찾던 바로 그 여자다. 여자는 가끔씩 벽시계를 바라보며 시간을 확인한다. 손님은 한 명도 보이지 않는다. 여자의 손톱 손질은 계속된다.

동화 과학사가 동화 금은방으로 바뀌었건만 양옆의 훼미리 마트와 초원 공인 중개사는 굳건히 그 자리를 지키고 있다. 초원 공인 중개사의 노인은 짜장면을 열심히 비비고 앉아 있다. 면발을 비빌 때마다 불룩 솟은 노인의 배가 계속 실룩거린다.

시장 골목은 지금도 한산하다. 사내가 골목길을 터벅터벅 오른다. 손에는 트리케라톱스 공룡, 대포, 프랑스 근위병 따위의 모형들이 하나 가득 담긴 투명한 비닐봉지가 들려 있다. 사내가 움직일 때마다 모형들은 비닐봉지 안에서 서로 부딪친다. 그 안은 치열한 전쟁터다. 하지만 비닐봉지 안의 상황과 달리 사내의 걸음걸이는 느긋하다 못해 맥 빠져 보인다.

사내가 미처 챙기지 못한 모형들은 동화 금은방 앞에 놓인 커다란 쓰레기봉투에 담겨 수거를 기다리고 있다. 지나치던 행인 한 사람이 모형이 잔뜩 들어간 쓰레기봉투에 가래침을 뱉고 얼른 자리를 뜬다. 버려진 모형들 속에는 작은 남자가 여전히 웅크린 채 잠들어 있다.

발령

————

　이 대리가 회사 빌딩 옥상에서 뛰어내린 것은 살아남으려는 사람들은 현수막을, 죽으려는 사람들은 유서를 들고 옥상으로 향하는 일이 계속되던 어느 날이었다. 사실 그는 평상시에 그리 주목받는 사람은 아니었다. 투신자살을 함으로써 이 대리라는 사람이 있었구나, 하고 알게 되는 정도였다. 다만 두 가지 사실만큼은 꽤나 오랫동안 회사 사람들 사이에서 화젯거리로 오르내렸다.

　첫 번째는 이 대리의 마지막 옷차림이었다. 그의 차림새는 상당히 독특했고 다분히 희극적이었다. 사무실 여기저기에 놓인 사무기기들처럼 무표정하게 지내던 사람들에게 깊은 인

상을 심어 줄 정도였다. 위치에너지를 모조리 낙하하는 운동에
너지로 바꿔 가면서까지 마지막 순간마저 지상에서 마감할 수
밖에 없었던 그는 슈퍼맨의 붉은 망토처럼 사기(社旗)를 등 뒤
에 두른 채였다. 사기에는 하얀 바탕 위에 용 두 마리가 똬리를
틀고 앉아서 지구를 집어삼킬 것처럼 그려져 있었다.

평상시에도 회사 사람들에게 섬뜩한 느낌을 주던 그 깃발
이 부서진 시신 위에 덮여 있자 출근하던 사람들 중 몇 명이 그
자리에서 혼절했다. 결국 한바탕 소동 끝에 여직원 둘이 병원
응급실로 실려 갔고, 세 명이 화단에 구토를 했다. 출근을 하
던 나머지 직원들은 감히 현관 로비를 통과하지 못한 채 보이
지 않는 폴리스 라인에 막힌 듯 그 자리에 우뚝 멈춰 섰다.

하지만 정해진 출근 시간이 임박해 오자 지각하기 싫었
던 직원 몇몇이 용기를 내서 조심스럽게 이 대리의 시신을 피
해 빠른 걸음으로 지나갔다. 그러자 대부분의 직원이 그들을
따라 서둘러 회사 로비로 들어섰다. 그럼에도 일부 직원은 지
각을 해야 했다. 회사 경비원들은 그의 시신에 손을 대지 못했
다. 결국 구급차가 올 때까지 그의 시신은 뙤약볕 아래에서 10
분 동안이나 방치되었다. 파리들만이 눈동자가 뒤집힌 채 허연
흰자위를 보이며 반쯤 열려 있는 이 대리의 눈을 감겨 주려는
듯 그의 얼굴 주위를 맴돌았다.

두 번째로 사람들의 이목을 끈 것은 이 대리가 곧 지방 발

령을 받아 내려가기로 했다는 소문이었다. 본격적인 인사이동이 있기 전 회사에서는 언제나 지방 근무자들을 뽑았는데 그중에서 한두 명에게는 꼭 안 좋은 일이 생긴다는 게 공공연한 비밀이었다. 이 대리는 이 불길한 저주를 다시 한 번 증명시킨 첫번째 희생자로 여겨졌다. 하지만 인사이동을 두고 갖가지 추측이 난무하던 시기였으므로 그의 발령이 사실인지 여부는 알 수 없었다. 다만 그가 정식으로 인사이동 명령을 받았든, 받지 않았든 간에 돌아올 수 없는 발령처로 영원히 가 버렸다는 점만은 확실했다.

이 대리의 시신이 치워지고 그가 근무했던 자리에 하얀 국화꽃이 꽂힌 꽃병이 놓였다. 그러나 꽃병마저도 다음 날 치워졌다. 대신 그 자리엔 양복을 말끔하게 입은 인턴사원이 천진난만한 미소를 지은 채 얌전히 앉아 있었다. 모두들 인턴사원에게 다가가 친절하게 말을 걸었다. 가끔 지나가며 인턴사원의 어깨를 토닥여 주거나 커피를 뽑아 주는 사람도 있었다.

이내 회사 사람들에게 이 대리의 자살은 이제 눈치도 없는데다가 술자리에서 무분별하게 만취할 정도로 몰지각한 일부 직원들이나 입에 올릴 만한 일이 되었다. 대부분은 그를 얼른 잊고 싶어 했고, 실제로도 금세 잊혔다. 사람의 기억 용량에는 한계가 있었고, 처리해야 할 일들은 언제나 그 용량보다 많았다. 사람들의 기억 속에 각인된 그의 이름 위로 각종 서류와 보고서, 카드 사용 청구서, 청첩장과 부의 등이 한 장, 한 장 쌓이기 시작하더니 이내 완전히 덮어 버렸다. 이 대리의 이름을 떠올리기 위해서는 수북이 쌓인 종잇장들을 헤집어야만 했다. 물론 그런 불편하고 불필요해 보이는 일을 굳이 하려는 사람은 아무도 없었다.

하지만 그즈음 회사에서는 이해하기 힘든 일이 연속해서 일어났고 그의 이름은 다시금 사람들 사이에서 회자되었다. 마치 그가 온몸을 던져 지상에 부딪치던 순간을 신호로 회사 곳곳에 숨어 있던 불가사의한 존재가 하나둘씩 잠에서 깨어나 일을 벌이는 것 같았다.

이 대리가 투신자살을 하고 나서 한 달이 지났을 즈음, 회사 직원들이 하나둘씩 사라져 갔다. 다음 날 출근을 하지 않거나 일하다 말고 잠깐 자리를 비운 후 영영 돌아오지 않는 사람들이 늘어났다. 외근이나 출장 이후 복귀하지 않는 경우도 생겼다. 처음에는 모두들 대수롭지 않게 여겼다. 그저 전날 술이 과해서 결근을 한 것이거나 아니면 외근을 나갔다가 시간이 늦어져서 회사로 돌아오지 못한 것이라 여겼다. 무엇보다 아무런 대책 없이 회사를 박차고 나간다는 건 있을 수 없는 일이었다.

지구는 갈수록 평균 기온을 갱신했지만 많은 사람들은 자신을 둘러싼 환경이 점점 더 빙하기와 비슷해지고 있다고 느꼈다. 그러나 사람들의 예상과 달리 그들의 부재는 오랫동안 이어졌다. 한동안 회사는 돌아오지 않는 사람들을 무단결근으로 처리했다. 하지만 무단결근이 지속되자 결국 모두 퇴사당하고 말았다. 회사 게시판에 퇴사 조치된 사람들의 명단이 공고되었다. 명단을 바라보던 직원들은 마치 전사한 전우들의 이름을 확인하는 것처럼 가슴 한쪽이 서늘해지는 것을 느꼈다.

제일 처음 사라진 사람은 박 대리와 같은 부서에 있던 김 대리였다. 박 대리는 그를 마지막으로 본 사람이었다. 김 대리가 사라지기 직전 두 사람은 회사 휴게실에서 나란히 자판기에서 뽑은 커피를 마셨다. 김 대리는 곧 휴가를 떠날 예정이었다. 그는 휴가 등급이 D였던 탓에 휴가를 늦게 갈 수밖에 없었다. 그래서인지 그날따라 김 대리는 하루 종일 멍해 보였다. 김 대리는 박 대리에게 휴가 기간 동안 회사 소유의 놀이동산에 갈 예정이라고 말했다.

"내 휴가 등급에 딱 어울리는 곳이야."

김 대리의 자조 섞인 말을 들은 박 대리는 난처한 표정을 지었다. 박 대리의 휴가 등급은 B였다. 두 사람의 휴가는 휴가 일수는 물론이고 휴가비와 휴가 때 선택할 수 있는 회사 소유의 콘도나 놀이 시설에서도 차이가 났다. 김 대리는 미소를 지은 채 박 대리의 당황한 얼굴을 물끄러미 바라보았다. 그는 괜찮다는 듯이 박 대리의 어깨를 가볍게 토닥여 주고는 등을 돌려 사무실로 향했다.

김 대리는 휴가가 끝난 뒤에도 회사로 돌아오지 않았다. 연락도 없었고, 연락을 받지도 않았다. 그들의 상사였던 봉 부장은 여기저기를 들쑤시고 다닌다고 해서 붙은 '탐침봉'이라는 별명답지 않게 아무런 조치도 취하지 않은 채 그저 묵묵히 기다릴 뿐이었다. 그가 무단결근한 지 사흘째 되던 날, 결국 김 대리는 퇴사 처리되고 말았다. 봉 부장은 김 대리의 물건을 정리하고 있던 박 대리를 바라보며 가래침을 내뱉듯이 한마디 던졌다.

"뱃가죽에 기름이 찬 거지."

봉 부장은 입이 쓴지 얼굴을 찡그리고는 소리 나게 신문을 펼쳤다. 박 대리는 묵묵히 김 대리가 남기고 간 물건을 모두 추려서 상자에 담았다. 그러다가 순간 멈칫했다. 그의 시선이 책상 가장 아래 서랍에 들어 있는 손전등에 가 멎었다. 혹시나 해서 박 대리는 손전등을 꺼내서 살펴보았다. 역시 잘못 본 것이 아니었다. 손전등에는 검은 매직으로 박 대리의 이름이 쓰여 있었다. 박 대리는 이런 손전등을 산 적이 없었다. 그는 묘한 느낌에 사로잡혀서 손전등을 바라보았다. 멀리서 봉 부장이 짐은 다 쌌느냐고 채근하자 박 대리는 끝났다고 대답하고는 손전등을 책상 위에 그대로 올려놓은 채 테이프로 박스를 봉했다.

다음 날, 김 대리의 자리에는 줄무늬 넥타이에 날카로워 보이는 뿔테 안경이 인상적인 새 직원이 말없이 앉아 있었다. 인턴사원 때와 달리 환영식도 없었고, 모두들 오래전부터 같이 일해 온 것처럼 그를 대했다. 하지만 박 대리는 새 직원을 대하는 모두의 태도에서 일말의 경계심을 읽었다. 실제로도 봉 부장을 비롯한 다른 직원들은 새 직원을 의심의 눈초리로 바라보았다.

박 대리는 지금 진행되고 있는 어떤 흐름에 자신만이 소외됐다고 느꼈다. 작은 물고기들이 포식자들을 피해 떼 지어 몰려다닐 때 가장 먼저 잡아먹히는 것은 언제나 무리에서 이탈해 홀로 떨어져 있는 녀석이었다. 살아남기 위해서는 무리가 방향을 트는 순간을 언제나 민감하게 감지하고 있어야만 했다.

그는 일은 잘하지만 의외로 입이 가볍다는 평가를 받는 여직원에게 점심을 사 주며 모두의 행동이 어색한 이유를 캐물었다. 여직원은 어이없다는 표정으로 박 대리를 물끄러미 쳐다보았다.

"모르셨어요?"

박 대리는 물을 벌컥 들이켰다.

"모르니까 물어보지."

여직원은 고개를 낮추더니 역적모의라도 하듯이 한껏 낮은 목소리로 말했다.

"여기저기에 비밀 감찰 직원을 보내고 있대요. 요즘 우리 회사가 계속 뒤숭숭하잖아요."

　김 대리가 사라지고 이틀 뒤, 이번에는 영업부의 최 대리가 외근을 나가서 회사로 영영 돌아오지 않았다. 기획부의 이 과장도 사라졌고, 인사부의 박 대리도 종적을 감췄다. 박 대리는 자신과 똑같은 성씨와 직급을 가진 그의 실종이 남일 같지 않게 여겨졌다.

　그 무렵 회사에서는 이내 사라진 사람들이 죽은 이 대리의 원혼에 홀려 어디론가 끌려갔다는 괴담이 돌았다. 생각해 보면 피리 부는 사나이의 전설을 모방한 듯한 이 이야기는 직원들 사이에서 급속도로 퍼져 나갔다. 사람들은 말없이 사라져 버린 직원들을 '유령 직원'이라 불렀다.

　사실 대다수의 직원들은 유령 직원이 계속해서 생겨나는 것에 적잖이 마음을 놓았다. 한창 인사이동이 있을 시기였지만 올해는 유령 직원들이 다수 생겨난 까닭에 대부분 현재 자리를 지킬 것이라 여겼다. 게다가 감원도 그리 크지 않으리라는 전망이 우세했다. 사람들은 자신이 유령 직원이 되지 않았다는 사실에 안도했고, 누군가의 부재 소식이 들리면 경박한 호기심과 더불어 다소의 걱정이 뒤섞인 복잡한 심정이 되곤 했다.

　심지어 직원들은 이제 다음 희생자를 점치기 시작했다. 죽은 이 대리와 사라진 직원들 사이의 연결 고리가 속속 드러났다. 아무 연관도 찾을 수 없을 때에는 그럴싸하게 만들어 냈다. 그러면서 사람들은 점점 희생자의 범위를 좁혀 나갔고 어느새 다음 희생자로 박 대리를 지목했다. 박 대리는 죽은 이 대리와는 입사 동기였고, 가장 먼저 회사에서 사라진 김 대리와는 같은 부서인 데다가 자주 어울렸기 때문이다.

박 대리는 이내 자신의 등 뒤에서 사람들이 수군거린다는 것을 알게 되었다. 아무도 그에게 말을 걸려 하지 않았고, 같이 점심을 먹지도 않았다. 심지어 미스터리를 좋아하는 몇몇 호사가들은 박 대리가 사라짐으로써 죽은 이 대리의 저주가 사실로 드러나기를 바랐다. 이 대리와 얽힌 괴담은 섬뜩한 것이었지만 무미건조한 회사 생활에 적절한 자극을 주었다.

그들은 사방에서 박 대리를 둘러싸고 침을 꼴깍 삼키며 다음 일을 기다렸다. 언제 박 대리가 사라지는지를 두고 내기를 벌이는 직원마저 생겨났다. 거기에는 박 대리를 마지막 제물로 삼아 이 모든 저주를 풀고, 더 이상 희생자가 나오지 않길 바라는 마음도 자리했다. 한마디로 앞으로 있을 박 대리의 실종은 이 모든 괴담의 클라이맥스이자, 종지부를 찍을 사건으로 여겨졌다.

박 대리 역시 돌을 든 채로 자신을 둘러싸고 있는 수많은 사람들의 거친 숨소리를 뚜렷이 느끼고 있었다. 다행히 그들은 숨을 죽인 채 아직은 지켜볼 뿐이었다. 하지만 그가 예상보다 오래 버틴다면 더 이상 참지 못하고 들고 있던 돌을 일제히 그에게 던질지도 몰랐다. 박 대리는 만약 그 순간이 오더라도 절대 혼자 죽지는 않겠노라고 이를 악물었다. 그러다 문득 자신이 자살한 이 대리와 비슷한 길을 걷고 있는지도 모른다는 생각에 소스라치게 놀랐다.

모든 일련의 소동을 보고받고 있던 경영진은 더 이상 사태를 묵과할 수 없다고 생각했다. 그동안 경영진은 이 일에 대해 아무것도 모른다는 자세로 일관했다. 직원이 하나둘씩 사라져 가도 회사는 아무 일 없다는 듯이 정상적으로 움직였으므로 경영진이 구태여 나설 이유가 없었다. 사라진 직원들을 대신해 또 다른 최 대리와 이 과장, 박 대리가 자리를 금세 매웠다. 자리를 메운 사람들이 다시 사라지더라도 언제든지 제이, 제삼의 최 대리와 이 과장, 박 대리를 데려올 수 있었다.

경영진이 정말로 두려워했던 것은 회사 주식이 떨어지는 일이었다. 사원들은 얼마든지 채워 넣을 수 있었지만, 떨어진 주식을 다시 끌어올리는 일은 그리 간단하지 않았다. 결국 회사 경영진은 한낱 괴소문으로 회사 주식이 저평가되는 일만은 막아야 했다. 전 직원에게 작금의 사태에 대한 함구령이 내려졌다. 검증되지 않은 일을 공공연히 떠벌려 불안감을 조성하고, 근무 의욕을 떨어트리며, 나아가 회사 기강을 해이하게 만드는 직원들에게는 책임을 물을 것이라는 공고가 회사 게시판에 나붙었다. 메일로도 게시물과 같은 내용이 전 직원에게 발송됐다.

그런 조치들 만으로는 아직은 뭔가 부족하다고 느꼈던 경영진은 얼마 안 가 보란 듯이 세 사람을 허위 사실을 유포했다는 이유로 대기 발령시켰다. 직원들은 메일과 회사 게시판을 통해 재수 없게 걸려든 세 사람의 소식을 접했다. 그것은 마치 본보기로 교수형을 당해 대롱대롱 매달린 채 비바람을 맞고 있는 시신들을 바라보는 것과 비슷한 광경이었다. 모두들 함구했고, 이 대리의 저주는 더 높고 힘센 곳에서 내려질 수 있는 보다 현실적이고 직접적인 체벌로 인해 곧 효력을 잃고 사라지는 듯했다.

하지만 바야흐로 저주는 다른 모습으로 변형되어 더 강한 전염력으로 다시 전파되기 시작했다.

회사 문서가 하나둘씩 사라지기 시작한 것은 여러 사람을 곤란하게 만들었다. 회사 차원에서도 몇몇 직원이 사라지는 것과는 비교할 수 없을 만큼 큰 문제였다. 결재를 맡기 위해 준비해 두었던 문서가 하룻밤 사이에 감쪽같이 사라지거나 문서 파일이 지워져 있기도 했다. 누구도 작성한 적이 없는 유령 서류가 버젓이 다른 결재 서류들과 함께 있는 일도 자주 일어났다.

직원들은 아침에 출근할 때마다 밤사이에 무슨 일이 벌어져 있을지 몰라 불안해했다. 자신이 작성한 문서가 사라졌다는 것은 곧 야근으로 이어질 수도 있다는 뜻이었다. 이 대리의 저주를 호기롭게 이야기하던 몇몇 호사가들의 얼굴에도 짜증과 긴장이 감돌았다. 직원들은 아침 인사로 결재는 잘 받았느냐고 묻기 시작했다. 박 대리의 부서에서도 문서가 도난당하는 사고가 몇 차례 일어났다.

박 대리 역시 출근하자마자 다른 직원들처럼 자신의 컴퓨터를 점검했다. 다행히 어젯밤에도 누군가 손을 대지는 않은 모양이었다. 그가 막 메일을 체크하려던 순간, 맞은편에 앉아 있던 남자 직원이 갑자기 두 손으로 머리를 싸매더니 벌떡 일어서서 탄식을 내뱉었다. 출근해서 자리에 앉던 직원 몇몇이 남자 직원에게 다가갔다. 보나마나 작성 중이던 문서가 지워진 것이 분명했다.

"그러니까 항상 백업을 해 뒀어야지."

누군가가 남자 직원을 향해 책망하듯이 말했다. 남자 직원은 억울하다는 듯이 대꾸했다.

"혹시 몰라 백업해 둔 것도 지워졌어요. 출력해 놓은 것도 사라졌고요."

또 다른 직원이 삭제된 문서가 뭐냐고 물었다. 박 대리는 남자 직원의 대답을 듣고서 문서의 사본이 자신에게 있다는 것을 알았다. 박 대리가 걱정 말라고 말하려던 순간, 남자 직원이 그를 물끄러미 쳐다보더니 인상을 찌푸렸다. 사무실로 들어서던 봉 부장이 몰려 있던 직원들을 보고 짜증 섞인 투로 무슨 일이냐고 물었다. 파일을 날려 먹은 남자 직원은 서둘러 고개를 저으며 아무 일도 아니라고 말했다. 봉 부장은 혀를 찼다.

"아무 일도 아닌데 왜 아침부터 썩은 시체 주위를 뱅뱅 도는 하이에나들처럼 몰려 있어? 솔직히 말해 봐. 혹시 결산 보고서 날려 먹은 거야?"

모두들 봉 부장과 남자 직원 사이에서 눈치만 살필 뿐 아무 말이 없었다. 봉 부장은 주위를 둘러보며 다들 일하라고 윽박지르더니 투덜거리며 자기 자리로 돌아가서는 서류철을 책상 위로 집어 던졌다. 풀이 죽은 남자 직원은 털썩 주저앉았다. 모여들었던 직원들이 문서를 날린 남자 직원에게 위로를 몇 마디 남긴 채 서둘러 각자 자리로 흩어졌다.

곧이어 박 대리의 맞은편에서 투덜대면서 신경질적으로 키보드를 두드리는 소리가 들렸다. 박 대리는 말없이 컴퓨터에 저장되어 있던 문서 사본을 삭제했다. 흩어지던 직원들 중 누군가가 박 대리를 흘깃 바라보며 아무래도 옮겨야 하나 하고 나직이 내뱉었다. 다른 직원 하나가 그 말을 내뱉은 직원 팔을 붙잡았다. 두 사람은 귓속말을 주고받더니 조용히 사무실을 빠져나갔다.

박 대리는 목을 꽉 죄던 넥타이를 조금 느슨하게 풀었다. 언제부터인가 그는 이 대리를 대신해 모든 저주의 원인으로 지목되었다. 직원들은 유령 직원이 될 것이라 뽑았던 박 대리가 계속 자리를 지키자 처음에는 저주가 풀린 모양이라고 다행이라 여겼다. 몇몇은 박 대리에게 친근하게 말을 걸고 같이 점심을 먹기도 했다. 하지만 서류가 사라지는 일들이 생기면서 직원들은 이 대리의 저주가 박 대리에게 옮아갔다고 생각하기 시작했다. 그들에게 박 대리는 이 대리의 저주를 이어받은 후임이었다.

주변의 의혹 어린 불편한 시선에 박 대리도 점점 지쳐 가는 중이었다. 박 대리는 고개를 설레설레 젓고는 책상 가장 아래 서랍을 열었다. 서랍에는 하얀 봉투와 함께 김 대리의 짐을 정리하면서 발견한 손전등이 들어 있었다. 언제든지 제출할 수 있도록 준비되어 있는 하얀 봉투를 볼 때마다 그는 항상 서글픔을 느꼈다. 박 대리는 쓴웃음을 짓고는 반쯤 서랍을 닫았다가 이상한 느낌에 다시 서랍을 열었다. 하얀 봉투 밑에 뭔가가 깔려 있었다. 박 대리는 조심스럽게 봉투를 살짝 들어 올렸다. 봉투에 가려져 있던 것은 여러 열쇠가 달려 있는 열쇠고리였다.

그는 열쇠고리를 집어 들고서 잠시 생각에 잠겼다. 하지만 아무리 생각해도 이런 열쇠를 맞춘 기억이 없었다. 누군가 다른 사람의 열쇠를 자신이 가지고 있는 건 아닌지 생각해 봤지만 그 역시 아니었다. 박 대리는 잠깐 동안 손전등과 열쇠고리, 그리고 하얀 봉투를 번갈아 바라보았지만 아무런 연관성도 찾을 수 없었다. 그는 조심스럽게 주위를 둘러보고 나서 열쇠고리를 얌전히 원래 자리에 놓은 다음 서랍을 잠갔다.

박 대리는 몰랐지만 봉 부장은 그런 그의 행동 하나하나를 유심히 지켜보고 있었다. 감찰 직원이라는 소문이 도는 뿔테 안경의 직원 역시 박 대리의 일거수일투족을 관찰했다. 두 사람은 말없이 서로 시선을 교환했다. 봉 부장은 헛기침을 한 번하더니 박 대리를 자기 자리로 불렀다. 박 대리는 느슨하게 풀었던 넥타이를 다시 매만지고 나서 자리에서 일어섰다.

모두가 퇴근하고 나자 박 대리는 사무실 여기저기를 점검하고 나서 자기 책상 위의 스탠드만을 켜 둔 채 불을 모두 껐다. 박 대리는 기본적인 생명 유지 장치만을 작동시킨 채 망망한 우주 공간을 건너는 우주선의 유일한 승무원이 된 심정이었다. 각종 미세한 기계음이 사방에서 들려왔다. '끄지 마시오.'라고 쓰인 포스트잇을 붙인 채 밤새 돌아가는 컴퓨터의 팬 소리, 소형 냉장고에서 들려오는 모터 소리, 팩스가 들어오느라 간헐적으로 작동하는 팩스기의 소음, 그 밖에 출처를 알 수 없지만 규칙적으로 들려오는 여러 소리들 속에 그는 홀로 덩그러니 놓여 있었다.

그는 가만히 눈을 감은 채 자신을 태운 사무실이 깊고 어두운 우주 공간을 유영하는 모습을 떠올렸다. 그날 하루 종일 박 대리는 자신이 혈관 속을 돌아다니는 혈장처럼 일정한 형태도 유지하지 못한 채 사람들 사이를 떠돌아다녔다. 그가 움직일 때마다 누군가 그의 몸속으로 불쑥 서류를 집어넣는 기분이었다. 그가 자기 안으로 들어온 서류를 열심히 처리하면 다른 누군가가 다시 불쑥 손을 집어넣어 그것을 꺼내고는 다른 서류를 집어넣었다. 호출한 사람들 앞에 설 때마다 박 대리는 자신이 일정한 형체 없이 흐느적거리는 젤리처럼 변해 간다고 느꼈다.

'어디 안 좋나. 왜 땀을 흘리나?' 어둠 저편에서 봉 부장의 목소리가 마치 잠든 그의 다리를 툭툭 치는 것처럼 또렷이 들려왔다. 박 대리는 눈을 뜨고는 마른세수를 했다. 봉 부장은 계속 그에게 말을 걸었다. '미안하네.' 박 대리는 다시 한 번 마른세수를 했다. '회사 방침이라서.' 박 대리는 휴가 등급으로 B를 받고 기뻐했던 일을 떠올렸다. '오늘부터 부탁하네.' 결국 그는 참지 못하고 두 주먹으로 책상을 치고 말았다. 텅 빈 사무실에서 그 소리는 유난히 크게 들렸다.

박 대리는 책상 가장 아래 서랍을 내려다보았다. 서랍을 열자 아침에 봤던 것과 똑같은 내용물이 고스란히 담겨 있었다. 하얀 봉투, 손전등, 열쇠고리. 그는 조금 긴장한 표정으로 하얀 봉투를 꺼내 안을 살펴보았다. 그러고는 지나치게 예민한 자신이 우스꽝스럽게 느껴져 허탈한 웃음을 지었다. 봉투 안의 내용물은 그대로 들어 있었다. 박 대리는 봉투에서 가로로 두 번 접힌 A4용지를 꺼내 들었다. 그는 자신이 이것을 도저히 내지 못하리란 사실을 잘 알고 있었다. 박 대리는 코웃음을 치며 그대로 종이를 찢어 버리려다가 생각을 고쳐먹고는 그것을 펼쳤다. 순간 그의 숨이 턱 하니 막혔다.

'B3에서 B4 사이 계단참. 손전등과 열쇠고리를 가져오시오.'

그는 처음 보는 낯선 메시지를 뚫어져라 쳐다보았다.

웬일인지 엘리베이터는 작동하지 않았다. 박 대리는 결국 10층에 위치한 사무실에서부터 지하 3층까지 계단으로 걸어 내려가야만 했다. 그는 묵묵히 고개를 숙인 채 기계적으로 한 층, 한 층 내려갔다. 종이에 적힌 것처럼 손전등을 들고 왔지만 굳이 사용할 필요는 없었다. 그가 다음 층계에 발을 디딜 때마다 자동으로 계단등에 불이 들어왔다. 하지만 조금 내려가다 보면 이내 그의 뒤로는 불이 꺼지고 어둠만이 자리했다. 한밤중에 빌딩 계단을 찾는 사람은 아무도 없었다. 오직 그만이 발걸음 소리를 내며 계단을 하염없이 내려가고 있었다.

그는 한 층을 내려갈 때마다 복도로 통하는 철문을 바라보았다. 문 위로는 비상구로 달려가는 사람 형상의 픽토그램이 보였다. 단순한 기호로 변해 2차원에 갇혀 버린 사람이 3차원의 세계로 다시 탈출하기 위해 문을 향해 뛰어가다가 연두색 액체 속에 그대로 잠겨 굳어 버린 듯했다. 그는 어쩌면 저 2차원의 사람에게는 다른 직책이 내려져 있었을지도 모른다고 생각했다. 예를 들면 정지라든가, 길을 건너시오 같은 메시지를 전달할 임무가 있었을지도 모른다. 그런 단순한 임무에서 벗어나서 자신의 원래 세계로 돌아가고자 탈출하다가 발각되어 저 모습 그대로 영원히 멈춰 버린 것은 아닐까 하고 그는 생각했다. 그리고 저 지시등을 만든 손은 그것마저도 계산에 넣고 있었던 것만 같았다.

불행하게 2차원으로 변해 버린 사람의 발밑에 굳게 닫힌 철문을 열면 어딘가의 복도로 이어질 게 분명했다. 지금쯤이면 다시 엘리베이터도 작동하고 있을 것만 같았다. 박 대리는 저 문을 열고 다시 자기 자리로, 사무실 어딘가가 아니라 원래 있어야 했던 자신만의 장소로 돌아가야 한다고 생각했다. 그는 계속해서 자신이 침범해서는 안 될 곳으로 들어선다는 느낌을 지울 수가 없었다. 그럼에도 박 대리는 걸음을 멈추지 않았다. 마치 지하에 묻혀 소용돌이치고 있는 자그마한 블랙홀이 그를 계속 끌어당기는 것 같았다.

박 대리가 발을 내딛을 때마다 어둠 속에 잠들어 있던 계단은 눈을 번쩍 뜨고 그의 뒷모습을 가만히 주시했다. 아니,

빌딩 전체가 그의 움직임에 촉각을 곤두세우는 듯했다. 박 대리는 최대한 규칙적으로 발걸음을 내딛었다. 그는 계단으로 전해지는 미세한 울림이 자장가처럼 단조롭게 이어져 단단한 철근 뼈대와 콘크리트 껍질로 둘러싸인 이 거대한 괴물이 다시 잠들기를 바랐다.

그는 지하 2층이라고 표시된 지시등을 바라보며 심호흡했다. 지금까지 아무 생각 없이 내려왔지만 이제 조금만 더 내려가면 조우하게 될 일에 대해 마음의 준비를 할 필요가 있었다. 그가 바랄 수 있는 최선의 결과는 계단참에 아무도 없는 것이었다. 그러면 자신의 바보 같은 짓을 비웃고는 사무실로 복귀하면 그만이었다. 최악의 경우는 상상이 되질 않았다. 실제로 소문처럼 유령 직원을 만나는 경우가 아마 최악이겠지만, 박 대리는 이상하게도 그 유령 직원이 친숙하게 느껴졌다. 게다가 그는 요즘 들어 유령보다 사람이 더 무서웠다.

박 대리는 입을 굳게 다물고 천천히 한 걸음씩 계단을 밟아 내려갔다. 그가 계단을 마저 다 내려가기도 전에 지하 3층과 4층 사이의 계단참에서 누군가의 목소리가 들렸다. 박 대리는 더 이상 내려가지 못한 채 계단 중간쯤에서 멈춰 섰다. 마치 자신이 문을 향해 내달리다가 굳어 버린 비상등 속의 사람처럼 느껴졌다. 박 대리는 어렵사리 입을 열어 물었다.

"거기 누구 있어요?"

그는 자신을 기다리고 있는 사람이 누구인지 알 것만 같았다.

한동안 박 대리는 계단참에서 기다리고 있던 김 대리를 보고 멍하니 서 있었다. 어느 정도 예상은 하고 있었지만 실제로 김 대리를 만나자 어떻게 행동해야 할지 알 수 없었다. 계단참에 서 있던 김 대리는 그에게 빨리 내려오라는 듯 손짓했다. 박 대리는 주저하면서도 조심스럽게 내려갔다. 그들은 곧 지하 4층에 마련된 주차장과 연결된 철문을 열고 들어섰다. 그는 대중교통을 이용해 출퇴근했기 때문에 지하 주차장을 이용할 일이 없어 모든 게 낯설었다. 주차된 차는 한 대도 보이지 않았다. 그저 텅 빈 채 넓게 펼쳐져 있는 지하 주차장은 도시에 숨겨진 비밀스러운 지하 사원처럼 보였다.

엘리베이터는 다시 정상 작동하는 듯했다. 하나하나 더해가던 숫자는 10에서 딱 멈췄다. 그러고는 더 이상 움직이지 않았다. 10층이면 박 대리가 근무하는 사무실이 있는 층이었다. 그는 문득 불안했다. 누군가 침대에 눕기 전에 놔두고 온 급한 서류가 생각나서 부리나케 다시 사무실로 찾아온 것인지도 몰랐다. 어쩌면 오늘 접대를 한다고 일찍 퇴근했던 봉 부장이 그가 당직을 제대로 서고 있는지 확인하려고 불시에 방문한 것일 수도 있었다. 정말 운이 나쁘다면 비밀 감찰 직원이거나 때마침 든 도둑일지도 몰랐다. 분명한 것은 10층에서 멈춘 엘리베이터 안에 누가 타고 있었든지 간에 그에게 유리할 일은 하나도 없다는 점이었다.

박 대리는 지금이라면 다시 돌아갈 수 있을지도 모른다고 생각했다. 그는 고개를 들어 엘리베이터의 숫자판을 바라보았다. 여전히 엘리베이터는 지상 10층 높이의 허공에 매달린 채였다. 박 대리는 엘리베이터 버튼을 누르려 손을 뻗었다. 그 순간 김 대리가 그의 손목을 꽉 쥐었다. 박 대리는 놀라서 김 대리를 바라보았다. 김 대리는 조금 쓸쓸해 보이는 표정을 지으며 유감이라는 듯이 고개를 저었다. 박 대리는 지금 자신이 10층 높이의 절벽 밑바닥에 떨어진 것과 비슷한 상황임을 깨달았다.

김 대리는 박 대리를 잡아끌었다. 박 대리는 김 대리가 이끄는 대로 갈 수밖에 없었다. 엘리베이터를 끼고 돌아서서 조금 걸어가자 철문이 보였다. 철문 위에는 아무런 표시도 달려 있지 않아 얼핏 보면 청소 도구들을 모아 놓은 창고쯤으로 보였다. 김 대리가 박 대리의 바지 주머니를 손으로 가리켰다. 주머니 속에는 열쇠가 들어 있었다. 그는 김 대리가 보내는 무언의 지시에 따라 주머니에서 열쇠를 꺼내 철문을 열었다.

문을 열자 어두운 복도가 보였다. 박 대리는 조금 망설였지만 손전등을 켜고 안으로 들어갔다. 김 대리는 열려 있던 철문을 닫으며 복도로 들어섰다.

"그런데 왜 아까부터 말이 없어?"

박 대리는 손전등 불빛을 김 대리의 얼굴에 비추며 물었다. 어둠 속에서 불빛을 받아 떠오른 김 대리의 얼굴은 무표정했다. 김 대리는 박 대리와 만난 후 처음으로 나직이 속삭였다.

"너도 결국 이곳으로 올 수밖에 없었던 거야."

김 대리가 떨고 있는 박 대리의 어깨를 가볍게 토닥여 주었다. 그들이 휴게실에서 마지막으로 헤어졌을 때도 김 대리는 그의 어깨를 토닥였다. 박 대리는 김 대리의 그 평범해 보이는 행동으로 인해 자신이 선택받았음을 깨달았다. 아이러니컬하게도 어둠이 가득 찬 복도에서 그는 자신을 둘러싸고 벌어졌던 사소해 보이는 일들의 숨은 의도를 뚜렷이 볼 수 있었다.

그들은 계속해서 앞으로 걸어갔다. 박 대리는 자신이 일하고 있는 빌딩 지하에 이처럼 긴 복도가 있을 줄은 상상도 하지 못했다. 복도는 50미터쯤 길게 뻗어 있었고, 그 끝에 달린 문의 틈새로 빛이 새어 나오고 있었다.

"어디 피곤한가?"

봉 부장이 박 대리의 어깨를 툭 치고 지나가며 말했다. 그는 화들짝 놀란 표정으로 올려다봤지만 이미 봉 부장은 등을 돌린 채 자기 자리로 걸어가고 있었다. 사무실의 풍경은 어제와 다르지 않았다. 직원들은 서류를 들여다보거나 모니터를 바라보며 각자 일에 열중했다. 모두가 신경이 날카롭고 예민해져 있었다. 인사이동 시기가 불어닥쳤던 것이다. 게다가 올해는 그 바람도 매섭고 날카로워서 꽤 많은 직원들이 늦가을 칼바람에 우수수 떨어지는 낙엽처럼 쓸려 나갈 것이라는 소문이 돌았다.

그런 사무실 분위기에도 불구하고 박 대리는 약간 멍한 상태였다. 그는 고개를 몇 번 흔든 다음 양손으로 가볍게 자신의 뺨을 때렸다. 하지만 여전히 자신이 어디에 있는지 분간이 되질 않았다. 어젯밤에 지하실에서 본 풍경과 오늘 낮에 자신의 사무실에서 마주친 풍경이 소름 끼칠 만큼 비슷했기 때문이다. 그는 삼각측량으로 자신의 정확한 현재 위치를 찾아내려는 듯 사무실 여기저기를 계속해서 바라보았다.

한 여직원이 그에게 결재 서류를 들고 찾아왔다가 불안해 보이는 그를 보더니 조용히 자기 자리로 돌아가 버렸다. 박 대리는 자신에게 등을 보인 채 저마다 일에 몰두하고 있는 직원들을 물끄러미 바라보았다. 그는 그들에게 혹시 이 건물 지하 4층에 여기와 똑같은 또 다른 사무실이 있는 걸 아느냐고 묻고 싶었다.

뿔테 안경을 쓴 직원이 멍하니 앉아 있는 박 대리 옆을 지나며 슬쩍 그를 쳐다보았다. 그는 곧장 봉 부장에게 다가가 결재판을 내밀었다. 봉 부장은 결재 서류를 잠깐 훑어보는 척했다. 하지만 이내 두 사람은 박 대리의 뒷모습을 쳐다보고 나서 서로 시선을 교환했다. 봉 부장은 사인한 결재 서류를 돌려주더니 자신의 양복을 걸치고 사무실 밖으로 나갔다. 자기 자리로 돌아온 뿔테 안경의 직원 역시 봉 부장이 나가고 5분 뒤 조용히 뒤따라 나갔다.

　　박 대리는 잊으려 하면 할수록 더욱 그 기억에 사로잡히는 것 같았다. 그래서 눈을 감은 채 어제의 기억을 오히려 더 선명하게 떠올려 보았다. 그러면 분명 자신이 해석할 수 있고, 납득할 수 있는 뭔가가 잡힐 것이라 생각했다. 무표정한 얼굴로 말없이 앉아서 일을 하고 있던 여러 사람들의 모습이 가장 먼저 떠올랐다. 그들은 굳게 입을 다문 채 초점 없는 눈동자로 모니터만 계속 바라보았다. 마치 정교하게 만들어진 로봇들을 데려다 놓은 듯했다.

　　박 대리는 자신이 정상적이지 않은 공간에 있다는 사실만큼은 명확히 깨닫고 있었다. 사무실 직원들의 이해하기 힘든 행동뿐만 아니라, 사무실의 책상 배치며 집기 위치, 심지어 책상 아래에 놓인 쓰레기통마저 10층에 위치한 그의 사무실과 똑같았다. 마치 10층에 있는 사무실을 그대로 복사해서 지하에 갖다 붙인 듯했다. 사무실로 들어선 김 대리는 자신의 자리에 앉더니 말없이 일을 하기 시작했다.

사무실 가장 안쪽에는 빈 책상 하나가 놓여 있었다. 사무실 전체가 한눈에 들어오는 위치에 자리한 그 책상과 똑같은 책상이 이 건물의 10층에도 놓여 있었다. 내일 아침이면 여느 때와 다름없이 봉 부장이 느지막이 사무실로 들어와 그 자리에 앉을 터였다. 하지만 지하인 이곳에서는 누구의 자리인지 알 수 없었다. 책상 위가 말끔하게 치워져 있고, 그저 커다란 상자 하나만 놓여 있을 따름이었다. 마치 그 자리의 사람이 이제 막 자기 짐을 모두 정리하고 떠나려는 듯이 보였다. 아니면, 이 사무실로 발령받은 사람이 미처 자기 짐을 풀어놓지 못한 것처럼 보이기도 했다.

순간 박 대리의 온몸에 소름이 돋았다. 상자 밖으로 삐죽 나와 있는 하얀 천에 선명하게 인쇄된 용의 꼬리와 발톱이 보였다. 그리고 사기가 담겨 있는 상자 안, 어둠 속에 '그'가 함께 들어 있었다. '그'는 상자 안에 담긴 채로 박 대리의 일거수일투족을 바라보았다. 박 대리는 자기도 모르게 뒷걸음질 쳤다. 하지만 '그'는 박 대리를 놓아주지 않았다. 박 대리는 묵묵히 기계적으로 일을 수행하는 사람들을 계속해서 바라볼 수밖에 없었다.

박 대리는 도대체 그들이 아직 살아 있는 사람들인지, 아니면 구천을 떠도는 유령 같은 존재인지 알 수 없었다. 바늘로 그들 중 한 명을 찔러 보고 싶을 지경이었다. 한 여직원이 프린트에서 막 인쇄된 종이를 모아 결재판에 끼워 넣은 다음 곧장 그것을 옆구리에 낀 채로 사무실에서 나갔다. 그는 여직원의 빈자리를 내려다보았다. 컴퓨터, 연필꽂이, 꽂혀 있는 각종 서류철과 탁상달력에 이르기까지 여느 책상과 다름이 없었다.

문득 그의 시선이 책상 위에 놓여 있던 서류에 가 멎었다. 낯익은 표와 수치가 보였다. 그가 오늘 아침 사본을 삭제했던 바로 그 결산 보고서였다.

"대리님, 이거 사인해 주셔야 하는데요."

그에게 결재 서류를 들고 왔다가 말없이 돌아선 여직원이 더 이상 기다릴 수 없다는 표정을 지으며 그를 내려다보았다. 박 대리는 그의 의식을 지하 4층에서 다시 지상 10층으로 불러 올린 여직원을 멍한 표정으로 올려다보았다. 여직원의 얼굴에는 짜증이 가득했다. 그는 여직원의 시선을 피해 서류를 검토하는 척했다. 깔끔하게 잘 정리된 서류였다. 그는 결재란에 사인을 하고 나서 돌려주었다.

문득, 그의 마음속에 저 사람이다 하는 생각이 떠올랐다. 한번 떠오른 생각은 멈추지 않고 갈수록 절실하게 느껴졌다. 그는 일어서서 여직원의 뒤를 빠른 걸음으로 따라갔다. 인기척을 느낀 여직원이 뒤돌아서서 조금 놀란 표정으로 박 대리를 바라보았다. 그는 여직원의 어깨를 가볍게 토닥여 주고는 사무실을 나갔다.

박 대리가 퇴사 처리된 후에도 대부분의 직원들은 옥상과 지하 주차장 사이에 위치한 층층에 머무른 채 바쁘게 일했다. 그러다가 지친 일상을 내려놓고 잠시 쉴 때가 되면 고개를 들어 천장을 바라보거나, 발끝을 물끄러미 내려다보곤 했다. 여기저기서 사람들이 현수막이나 유서를 들고 옥상으로 향하는 날들도 계속 이어졌다. 하지만 현수막이 유서가 되고, 유서가 현수막이 되는 일이 비일비재했으므로 두 가지 경우가 특별히 구분되는 것은 아니었다.

다만, 옥상에 오르는 사람들만큼 지하로 향하는 이들이 하나둘씩 생겨났다는 것만이 조금 달라졌을 뿐이다. 물론 그러한 사실을 알아차리는 사람은 많지 않았다. 언제나 바쁘고 살벌한 세상이라는 외침만이 곳곳에서 들려왔다. 그 와중에 모두들 원치 않는 발령을 걱정하고 있었을 뿐이다.

엔진과 말

텔레비전에서는 죽어 가는 말이 나오고 있다. 커다란 흰
자위를 보이며 눈을 위로 치켜뜬 말이 옆으로 쓰러진 채 누워
있다. 괴롭다는 듯이 씩씩거리는 호흡이 당장에라도 숨이 끊어
질 것만 같다. 몇 명의 수의사가 달라붙어서 커다란 주사기로
쑤시기도 하고, 눈꺼풀도 들어 올려 보며 난리를 피우는 중이
다. 말은 그런 행동들이 귀찮은지 뒷다리를 바동거린다. 마이
크를 든 리포터는 안타깝다는 듯이 말을 쳐다보며 말한다. "지
금 이 말의 심장은 차갑게 식어 가는 중입니다."

나는 텔레비전을 꺼 버린다. 그리고 방으로 돌아와 창가
에 서서 담배를 피워 물며 책상 위에 놓인 작은 말 조각을 바

라본다. 어쩌다가 그 말의 심장은 더 이상 뛰지 않으려는 것일까. 말 조각은 내가 중학교에 올라가기 전 그녀가 입학 선물로 준 것이다. 청동으로 만들어진 말은 뒷발로 서서 앞발을 허공에 들어 올리고 있다. 어찌 보면 사다리를 타고 올라가는 듯한 동작이다. 내 책상 위의 말은 너무나 건강하고 당당하다. 텔레비전 화면을 통해 본 말의 눈동자가 떠오른다. 말은 굵은 눈물을 흘리고 있었다. 나는 말 조각을 들어서 손으로 꽉 쥐었다. 차가우면서도 매끄러운 표면이 느껴진다. 다시 말을 제자리에 돌려놓고 계속 담배를 피운다.

담배 연기는 향에서 피어오르는 연기와 닮은 구석이 있다. 나는 힘 있게 담배 한 모금을 빨아들인다. 그런 다음 고개를 숙이고 땅바닥을 향해 길게 내뱉는다. 연립주택 벽 여기저기를 휘감고 있는 도시 가스관들이 보인다. 그 파이프들은 직각으로 꺾였다가 일자로 죽 뻗어 나갔다가 한다. 끝나는 지점은 보이지 않는다. 그런 식으로 무한대로 연결되어 있을 것만 같다.

나는 그 끝을 찾는 것을 포기한 채 고개를 들고 앞을 바라본다. 지대가 높은 데다 우리 집이 연립주택 3층인 덕분에 동네가 한눈에 다 들어온다. 하늘은 곧 비라도 쏟아질 것처럼 우중충하다. 저 멀리 두 대의 타워 크레인이 음울한 하늘과 아담한 산을 배경으로 서 있다. T자형 자처럼 보이는 그것은 허공을 제도할 것처럼 위풍당당한 모습이다. 그 아래로는 4차선 도로가 강처럼 뻗어 있고 그 위를 자동차들이 질주한다. 도로는 타워 크레인과 이곳을 분리하는 가드레일처럼 놓여 있다.

복잡한 듯 보이는 저쪽에 비해 지금 내가 살고 있는 이쪽은 주택들만 밀집되어 있다. 단독주택 옥상들 위에는 하나 내지 두 개의 프로판 가스통들이 놓여 있다. 그것들은 전폭기에 실려 있는 무거운 폭탄 같다. 가는 고무 호수가 끊어지는 순간 가스통들은 투하된 폭탄처럼 터질지도 모른다. 가스관과 가스통들은 그런 대폭발의 순간을 숨죽이며 기다리고 있는 것만 같다. 나는 타워 크레인이 쓰러짐과 동시에 그것들이 일제히 폭발하면서 지상의 모든 것들을 날려 버리는 광경을 상상해 본다.

머리가 아프다. 그와 헤어진 다음 바로 감기에 걸려서 벌써 일주일째 시달리는 중이었다. 책상 서랍에서 약을 꺼내 물을 마시지 않은 채 그냥 삼켜 버린다. 사포로 혓바닥을 문지르는 것처럼 얼얼하고 쓰다. 손으로 이마를 짚어 본다. 여전히 열은 내리지 않고 있다. 지금 당장 잠을 자는 편이 나을지도 모른다. 하지만 텔레비전에서 본 말의 모습이 계속 떠올라 잠을 쫓아낸다.

뒷발로 축구공을 걷어차는 것처럼 잠은 멀리 달아나고 의식은 갈수록 또렷해진다. 몸은 한없이 느슨하고, 머리는 단단히 조여 있다. 나는 잠자는 것을 포기하고 창밖을 계속 구경한다. 하지만 내 머릿속에 들어온 이미지는 풍경이 아니다. 그것은 한 마리의 말이다.

나는 나무 한 그루 서 있지 않은 드넓은 초원을 떠올린다. 만년설이 쌓인 높은 산맥들만 넘어서면 바로 펼쳐지는 초원이다. 이 초원의 한쪽 끝에서 하얀 페인트를 칠한 말 한 마리가 지평선을 향해 달려가는 중이다. 말은 지저분하고 여위어 있다. 군데군데 페인트칠이 벗겨진 데도 보인다. 게다가 말은 달려가면서 나사며 그 밖의 잡다한 부품들을 하나씩 떨어뜨리고 있다. 드러난 인조 피부 사이로는 다리의 합금 관절과 센서, 모터 같은 것들이 보인다.

말은 힘겨워하면서도 일직선으로 곧게 달려간다. 한 치의 오차도 없이 자를 잰 듯이 곧은 방향으로만 달려가는 것이다. 내 눈은 금세 말보다 빨리 말이 뛰어가는 방향으로 추월하기 시작한다. 말이 하얀 점으로 보일 만큼 추월하면 드디어 초원 저편에서 검은 점 같은 것이 점점 내게 다가온다. 그것은 처음에는 점이었다가 다가갈수록 복잡한 모양을 띤다. 바람결에 진한 기름 냄새가 확연히 풍겨 오기 시작한다.

그렇게 한참을 그것을 향해 달려가다 보면 나는 드디어 그것과 짧은 조우를 한다. 결승선의 정지 사진 속에서나 확인할 수 있을 만큼 그것과 나는 찰나를 마주칠 뿐이다. 하지만 나는 선명하게 그 모습을 그려 낼 수 있다. 그것은 넓은 탁자 위에 놓인 엔진이다. 그의 집 정원에 놓여 있던 것과 똑같은 모양의 자동차 엔진이었다.

나는 어렸을 때부터 말의 단단한 네 다리와 허벅지의 근육, 갈기와 눈동자를 사랑했다. 그 모습을 떠올리고만 있어도 나 자신이 당당해지고 강인해지는 느낌을 받았다.

같은 반 친구 중에서도 나처럼 말을 좋아하는 아이가 있었다. 그래서 방과 후에 곧잘 그 아이 집으로 놀러 가서 말의 사진을 구경했다. 특이하게도 친구의 어머니 역시 말을 무척이나 좋아했고, 말과 관련된 사진이며 조각, 마구 등을 수집하는 취미가 있었기 때문이다. 나는 친구 집에서 여러 말의 화보를 구경했고, 수많은 말의 종류도 외웠다. 샤이어, 서러브레드, 셰틀랜드포니, 아메리칸트로터 등등. 이 세상에 그처럼 완벽한 형태의 동물이 많이 존재한다는 사실이 놀라울 따름이었다.

친구의 어머니는 무척이나 다정다감했고 아름다운 분이었다. 단단해 보이는 골격에 잘록한 허리와 가슴을 볼 때마다 나는 애써 눈을 돌렸다. 하얀 피부는 깨끗해서 잡티 하나 보이지 않았고 이목구비는 큰 편이었다. 부드러운 눈매는 사려 깊었다. 친구의 어머니는 전체적으로 말처럼 단단하면서도 균형 잡힌 느낌을 주었다. 그녀는 나를 '나의 귀여운 포니'라고 불렀는

데, 그것은 셰틀랜드포니종처럼 작고 귀엽다는 의미에서 내게
붙인 별명이었다. 그녀는 한 손으로 내 머리를 가볍게 흐트러
뜨리며 볼에 뽀뽀를 하고는 했다. 그럴 때마다 나는 백 미터 트
랙을 막 달려온 선수처럼 얼굴이 붉어지고 호흡이 가빠졌다.

그런 어머니에 비해서 친구의 아버지는 분홍색 실크 커튼
처럼 섬세하고 연약한 느낌을 주는 사람이었다. 내 기억 속에
서 그는 언제나 아내나 아들의 머릿결을 손으로 부드럽게 넘기
고 있었다. 친구는 그런 아버지와 어머니의 성격을 부여받아
흠잡을 데라고는 전혀 없는 완벽함 그 자체였다. 부드럽고 단
단했으며, 자상한 아이였다. 어렸을 적부터 내 옷에 묻은 얼룩
을 말없이 지워 주거나 나 대신 싸움을 해 주기도 했다.

하지만 그런 관계가 모두 그러하듯이 우리 사이도 나이가
들어갈수록 각자의 생활에 더 관심을 두기 시작했다. 서로 다
른 고등학교에 진학했을 무렵, 우리의 관계는 가끔 전화로 안
부를 주고받는 정도가 되었다. 친구의 어머니가 생각날 때도
있었지만 나는 애써 찾아가지 않았다. 그때 나는 그녀를 대상
으로 성적 환상을 품고 있었기 때문이다. 그동안 친구 역시 우
리 집을 한 번도 찾지 않았다.

내가 다시 친구 집을 찾게 된 것은 군대에서 제대하고 나
서 얼마 되지 않았을 때였다. 친구는 여전히 나와 같은 동네에

서 살고 있었다. 나는 그때까지 친구가 이사를 가거나 내 연락처를 잊어버렸을 것이라 생각했기에 그의 전화가 무척이나 뜻밖이었다. 친구는 한번 놀러 와 주길 바란다며 전화를 끊었다. 나는 예전처럼 다시 친구 집을 들락거리게 되었다. 기한이 만료된 통행증을 소지하고 있다가 새것을 받은 기분이었다.

　내 기억 속에 친구 집은 어두운 밤에 부드러운 빛을 내는 갓전등과 비슷했다. 창문이며 현관으로는 캐럴송이 흘러나오고 크리스마스트리에, 벽난로에서는 따스한 장작불이 피어오르는 곳 말이다. 내 눈앞에서 항상 친구 집은 허공에 30센티미터쯤 떠 있었다. 내가 그런 동경을 품게 된 이유 가운데 하나는 잘 가꿔진 정원 때문이었다. 그의 집 정원은 우리 동네에서 가장 아름다운 장소에 속했다. 대문 앞에는 목련이 자랐고, 담 주변을 따라 오엽송이 심겨 있었다. 대문에서 현관까지 이르는 자갈길 옆에는 반송 한 그루가 보였다. 녹색 잔디는 언제나 튼튼해 보였고, 잘 다듬어져 있었다.

　정원 한구석에는 작은 화단도 자리했다. 담 바로 아래에 만들어진 화단에서는 해바라기부터 시작해서 샐비어, 아게라툼, 채송화, 메리골드 등이 건강하게 자랐다. 정원뿐만 아니라 그의 거실에는 수많은 관엽식물 화분들이 놓여 있었다. 한마디로 그의 집은 잘 가꾸어진 정원 속의 정자처럼 보였다. 이 모든 것들은 친구 어머니 작품이었다. 일요일마다 물뿌리개와 모종

삽, 전지 가위 따위를 들고 그녀는 정원의 여기저기를 돌아다녔다. 그럴 때마다 나는 옆에서 그녀를 거들었다. 그녀의 정원은 그녀 자신만큼이나 하루하루 건강해져 갔다.

하지만 오랜만에 다시 찾은 그의 집은 거의 모든 것이 변해 있었다. 필라멘트가 끊어진 것처럼 중요한 무엇인가가 끊겨 있었던 것이다. 더 이상 빛과 열을 낼 수 없는 그저 비어 버린 전구 속을 들여다보는 느낌이었다. 이미 꽃이 떨어졌을 목련은 새잎이 돋아나지 않아 앙상한 상태였다. 담 주변에 심어져 있던 오엽송들은 보이지 않았다. 대신 그만큼 담이 더 높아져 있었다.

친구는 활짝 웃으며 나를 맞았지만 그 웃음은 작위적인 것처럼 보였다. 입꼬리는 반쯤 올라가다가 힘겨워서 포기한 듯했고, 눈에는 우울한 빛이 감돌았다. 나 역시 그와 똑같은 작위적인 웃음을 짓지 않을 수 없었다.

그리고 마침내, 나는 친구를 따라 정원을 가로지르다가 그것을 보게 되었다. 그것은 반송 옆의 탁자 위에 놓여 있었다. 마치 제단 위에 얌전히 올려놓은 거대한 말의 심장처럼 보였다. 의아해진 나는 친구에게 저게 무엇이냐고 물었다. 그러자 친구는 대수롭지 않다는 듯이 대꾸했다.

"아, 저거. 보이는 그대로야. 자동차 엔진."

왜 엔진 따위를 정원에 놓아두느냐고 물으려다가 친구가

성큼성큼 앞서 걸어가 버렸기 때문에 나는 질문할 기회를 놓치고 말았다. 나는 잠시 그 자리에 서서 정원에 놓여 있는 엔진을 바라보았다. 정원의 푸른 잔디들을 가로질러 내가 서 있는 곳까지 검은 기름띠가 흐를 것만 같았다. 정말로 불어오는 바람 속에는 휘발유 냄새 같은 것이 섞여 있었다. 문득 고개를 들어 하늘을 올려다보니 금세라도 라디에이터에 맺혔다 떨어지는 물방울 같은 비가 내릴 것처럼 우중충했다. 나는 엔진을 좀 더 지켜보고 싶었지만 현관문을 연 친구가 빨리 들어오라고 채근하는 바람에 더 이상 그 자리에 있을 수 없었다.

집 안은 썰렁해서 사람의 흔적이 거의 느껴지지 않았다. 마치 폐허가 된 사원을 둘러보는 느낌이었다. 커다란 소파들은 팔이며 허리가 부서진 채 서 있는 고대의 석상들처럼 보였다. 전체적으로 정리가 안 되어 있었다. 친구는 나보고 잠시 앉아 있으라고 말한 뒤에 주방으로 가서 커피를 타 왔다. 그동안 나는 오랜만에 거실을 천천히 둘러보았다. 내 기억 속에 있던 거실과 크게 달라진 점은 없었다. 오히려 내 기억 속에서 거실을 그대로 끄집어내서 형상화시켜 놓은 것 같았다. 하지만 여전히 생동감과 통일감이 결여되어 있었다.

커피를 타 오면서 친구는 다시 쓴웃음과 비웃음의 중간쯤 될 법한 웃음을 지었다. 나는 그의 그러한 변화를 이 집과 연관시켜 생각할 수밖에 없었다. 도대체 이 집에 무슨 일이 일어났

던 것일까. 영문을 알 수는 없었지만 정원에 놓인 고장 난 엔진
과 연관이 있으리라는 확신이 들었다.

"왜 정원에 자동차 엔진 따위를 둔 거야?"

친구는 미간을 약간 찡그리며 다시 조금 웃었다. 이번에
는 입술 끝에서 새어 나오는 웃음이었다.

"그냥. 새로 시작한 취미 생활이야."

나는 커피를 마시며 알겠다는 듯이 고개를 끄덕였다. 하지
만 취미 생활을 한다고 중고 엔진을 정원에 놓는 사람은 없다.
그것은 조각도 아니고 모형이랄 수도 없는 말 그대로 기름때가
덕지덕지 붙은 낡은 엔진일 뿐이었다. 게다가 집 안에서 사람의
온기가 느껴지지 않는다는 사실이 계속 마음에 걸렸다. 커피를
마시면서 나는 지나가는 말처럼 살짝 물어보았다.

"어머니는 어디 가셨어?"

친구는 커피를 마시며 대수롭지 않다는 듯이 말했다.

"잠깐 시장에 가셨어."

그의 어머니를 볼 수 없다는 사실이 조금 섭섭했지만 나의
관심은 곧 엔진으로 넘어갔다. 엔진을 정원에다 놓아둔 이유는
무엇일까. 친구는 저 엔진을 가지고 무엇을 하려는 것일까. 이
집이 변해 버린 것은 엔진 때문일까. 이 세 가지 질문이 서로
꼬리에 꼬리를 물고 회전하는 세 마리의 회전목마처럼 머릿속
에서 뱅뱅 맴돌았다. 하지만 어떤 말도 물었던 꼬리를 놓지 않

았고 적절한 해답을 내게 물어다 주지도 않았다.

"가끔 보러 와도 돼?"

친구는 잠시 나를 쳐다보더니 대답 대신에 커피를 한 모금 더 마셨다. 나는 그런 행동을 보고 그가 허락했음을 알았다. 잔을 움직일 때마다 휘발유처럼 보이는 커피는 둥근 파문을 계속 일으켰다.

그날 이후로 나는 친구 집을 자주 방문했다. 비가 오는 날이면 우리는 거실에서 커피를 마셨다. 그 이외의 경우에는 엔진을 분해하고 조립하기를 반복했다. 비는 거의 내리지 않아서 우리가 엔진을 주무르는 시간은 늘 충분했다. 나는 그의 아버지가 일찍 귀가하는 날에는 찾아가지 않았다. 친구는 미안한 듯 웃으며 아버지가 있을 때는 오지 말아 달라고 부탁했기 때문이다. 그러나 굳이 부탁까지 할 필요는 없었다. 나 역시 친구 아버지가 불편하기는 마찬가지였다.

게다가 희한하게도 친구 집에서 아버지의 느낌은 거의 찾아볼 수 없었고, 길가 쪽으로 나 있는 차고도 비어 있는 경우가 많았다. 하지만 가끔 집을 방문할 때면 그의 아버지 차로 보이는 벤츠가 조용히 골목길을 내려가기도 했다. 그런 것으로 봐서는 그의 부친이 같이 사는 것은 분명해 보였다. 하지만 여전히 어머니는 보이지 않았다. 이유는 알 수 없지만 그의 부모는 그림자 같았다. 부모에게서 독립해 혼자 산다고 하는 편이 더 자연스러워 보일 정도였다. 나는 친구에게 그런 궁금증을 물어보고 싶었지만 좀처럼 말할 기회는 찾아오지 않았다.

내가 방문하는 날이면 친구는 항상 엔진 옆에다 도구들을 늘어놓고서 나를 기다렸다. 소켓 렌치나 토크 렌치, 스피드 핸들 따위를 가지런히 정리해 놓은 채 서 있는 그를 볼 때마다 나는 엉터리 외과 전문의를 떠올렸다. 하지만 그런 생각이 든 것은 처음 얼마간뿐이었다. 그는 엔진을 분해할 때에는 항상 엄숙했으며 다시 엔진을 조립할 때에는 몸 안의 기 같은 게 빠져나가 버린 것처럼 약간 멍해지고는 했다. 그럴 때마다 그는 엉터리 외과의보다는 고대 주술사에 더 가까워 보였다.

어느 날, 나는 심각한 표정으로 엔진 앞에 서 있는 친구에게 물어보았다.

"마야 유적에 가 본 적 있어?"

친구는 엔진에 눈을 떼지도 않고선 고개를 가로저었다.

"마야에서는 신관이 전쟁에서 잡아 온 포로들의 심장을 꺼내."

그제야 친구는 눈을 들어 멀뚱히 나를 쳐다보았다. 그의 손에 스피드 핸들이 들려 있던 터라 더욱 마야의 신관처럼 보였다.

"돌칼로 살아 있는 포로의 가슴을 째고 심장을 드러내. 그런 다음 아직도 살아서 뛰고 있는 심장을 재단 위에 올려놓지. 힘을 잃어 가는 태양에게 신선한 피를 공급하기 위해서.”

친구는 말없이 에어클리너와 에어흡입 호스를 벗겨 내며 다시 엔진 분해에 몰두했다. 나는 그 모습을 물끄러미 바라보다가 그가 건네주는 부품들을 하나씩 받아서 테이블 한쪽에다 가지런히 내려놓았다. 친구는 점화플러그를 빼내면서 말했다.

“혹시 집에 마야에 관한 책이 있으면 빌려줘.”

“그래, 그리고 마야를 보고 싶으면 우리 집으로 놀러 와. 기르고 있거든.”

친구는 엔진을 분해하다 말고 다시 한 번 나를 올려다보았다. 나는 웃으며 그에게 대꾸했다.

“허브 이름이야.”

얼마 지나지 않아 나는 카센터 정비 직원만큼이나 자동차 엔진 부품에 대해서 많은 것들을 알게 되었다. 친구는 이미 오래전부터 엔진을 분해하고 조립해 왔던 것인지 항상 능숙하게 일련의 과정들을 해치웠다. 나는 완벽한 그의 조수였다. 우리는 서로 대화를 나누지 않고도 척척 작업을 해 나갔다. 나는 말없이 친구에게 필요한 연장들을 제때 건네주고 분해한 부품들을 정리해서 늘어놓았다. 끊임없이 엔진을 분해하고 조립하는 일들이 반복되었다. 그렇게 엔진은 날마다 없어졌다가 새로 나타났다. 친구는 점점 말이 없어져 갔다. 나 역시 그의 침묵에 익숙해졌다. 서로 한마디도 나누지 않고 묵묵히 작업하는 날들이 늘어 갔다. 갈수록 그는 엔진의 부품처럼 단단해졌다.

책을 들고 그의 집을 방문하던 날, 나는 마침내 친구 아버지를 만나게 되었다. 그 집을 출입한 지 실로 한 달 만의 일이었다. 거실에서 책을 건네주면서 잠시 커피를 마시는 중에 아버지가 들어왔던 것이다. 그는 내 기억 속에서 걸어 나오는 동안 폭삭 늙어 버린 것처럼 보였다. 기억에서 현실로 이동하면서 시간이 열 배쯤 빨리 흘러 버린 것 같았다. 보이지 않았던 주름들이 보이고 흰머리들도 간간이 눈에 띄었다. 친구가 내 소개를 했지만 그는 소개하는 말 따위는 안중에도 없는 듯했다. 그는 누구에게 말하는 것인지도 불분명하게 잘 놀다 가라는 말만 하고 안방으로 들어가 버렸다. 친구와 나는 다시 정원으로 나가 엔진을 분해하고 조립하는 반복 작업을 했다.

두 시간 정도의 지루한 반복을 끝내기 위해 막 워터 파이프를 연결할 즈음에 나는 다시 그의 아버지를 보았다. 갑작스러운 등장에 나도 모르게 살짝 고개를 숙여 또 한 번 인사를 했다. 그는 두 손으로 친구의 어깨를 살며시 움켜쥐었다. 나는 친구 아버지가 분노에 차 있는 것을 보고 당황했다.

"웬만하면 그만두지 그러냐. 네 어머니를 생각해서라도."

친구 아버지는 거기서 말을 끊고 힐끔 나를 쳐다보았다.

나의 존재가 다음 말을 나오지 않게 만든 게 분명했다. 이 자리에서 벗어나고 싶었지만 딱히 방법이 떠오르질 않았다. 친구는 말없이 내 손에 들려 있는 워터 파이프를 뺏어서 조립하던 엔진에 연결시켰다. 그의 행동을 어깨 너머로 바라보던 그의 아버지는 친구가 손을 탁탁 털자 뒤돌아서서 집 안으로 들어가 버리고 말았다.

"책 빌려줘서 고마워."

친구는 기름때가 묻은 장갑을 벗으며 말했다. 그러고는 두 팔로 막 조립이 끝난 엔진을 조심스럽게 끌어안더니 조용히 고개를 옆으로 틀어 엔진 덮개에 갖다 대었다. 나는 그의 두 팔이며 얼굴에 찐득찐득한 기름때가 묻는 것을 지켜보며 물었다.

"차가워?"

그 순간 나는 그 말밖에 할 수 없었다.

비는 여전히 조금밖에 내리지 않았다. 오히려 조금 개는 것 같기도 했다. 기상대에서는 올여름 장마전선의 형성이 미약해서 비가 좀처럼 오지 않는다는 설명을 되풀이했다. 장마전선은 남부 지방 전역에 걸쳐 있으며 이번 주말이나 되어야 중부 지방으로 북상한다는 얘기였다. 그럼에도 습기 찬 날들이 계속되었다.

컴퓨터를 부팅할 때마다 하드디스크에서는 이상한 소리

가 들렸다. 나는 컴퓨터를 이용하는 시간을 조금씩 줄여 나갔다. 어느 날 베란다에 놓여 있던 공구함을 정리하다 보니 못들이 녹슬어 있었다. 방금 물에서 건져 낸 것처럼 못들 주위로 붉은 녹이 보였다. 종이에 대고 문질러 보니 붉은 녹 가루들이 고운 모래처럼 떨어졌다.

공구함에서 녹슨 못을 발견하던 날, 나는 친구 집을 찾질 않았다. 대신 오랫동안 하지 않았던 집 안 청소를 했다. 나는 제법 청소를 즐기며 마치 미지의 밀림을 탐험하듯 집 안 구석구석을 살펴보았다. 기대와 달리 녹슨 물건은 더 이상 발견되지 않았다. 대신에 냉장고 한 귀퉁이에서 곰팡이가 피어 있는 감자를 찾을 수 있었다. 마치 담배로 감자를 지진 것처럼 군데군데 검은 곰팡이가 나 있었다. 식빵과 치즈에도 푸른곰팡이가 피어 있었다. 그것뿐만이 아니었다. 베란다에 놓아두었던 몇 포기의 화초도 누렇게 말라 있었다. 그중에는 내가 애지중지하는 '마야'도 포함되어 있었다.

나는 유리컵에다 물을 담아 와 화분에다 몇 차례 뿌려 주었다. 그런 다음 곰팡이가 핀 음식들을 버리고 청소를 계속했다. 그런데 청소를 할수록 기분은 점점 더 나빠졌다. 왠지 중요한 것들이 장마철 동안 사라져 간다는 느낌이 들었다. 나는 분명히 그런 기분을 느꼈지만 그것이 어떤 결과를 가져올 것인가에 대해서는 도무지 알 길이 없었다. 나의 사고도 녹슨 채 이상한 소리를 내며 움직이는 듯했다.

결국 그날 이후 나는 친구 집을 일주일 가까이 찾지 않았
다. 그동안 그에게서 전화가 걸려오지 않을까 걱정했지만 한
통화도 오지 않았다. 가끔 다시 기름 냄새를 맡고 싶기도 했
다. 실린더의 긴 원통이나 콘돔을 닮은 점화플러그, 빵 틀처럼
생긴 실린더 헤드가 보고 싶을 때도 있었다. 나는 그럴 때마다
친구 집을 찾아가는 대신 집 안을 청소했고 가끔 그의 어머니
를 그리워했다.

그녀를 생각하면 전지가위를 들고 나뭇가지를 올려다보
던 모습이 가장 먼저 떠올랐다. 부드러운 얼굴선은 목을 따라
서 풍만한 가슴과 다리로 이어졌다. 틀어 올린 다음 머리핀으
로 고정한 단정한 머리 모양에 나는 항상 매료되곤 했다. 그러
던 어느 날, 나는 켄타우로스가 나오는 꿈을 꾸었다.

꿈속에서 나는 엔진을 끌어안고 있었다. 엔진은 무척이나
차가웠고 묵직했다. 엔진에서부터 뿜어져 나온 냉기는 내 심장
은 물론 혈관과 근육 구석구석까지 파고들었다. 어찌나 차가운
지 꼭 질소 액체가 든 통을 끌어안고 있는 기분이었다. 그러다
문득 고개를 돌려보니 켄타우로스가 내 옆에 서 있었다. 제일
먼저 내 눈에 들어온 것은 아름다운 말의 하체였다. 아랫배에
서 다리까지 이르는 곡선과 단단한 근육이 인상적이었다.

짙은 갈색의 하체를 따라 나는 천천히 시선을 위로 이동시

켰다. 전지가위를 들고 정원을 누비고, 내 머리칼을 흐트러뜨리고, 볼에 뽀뽀를 해 주던 사람이 말의 하체 위에 붙어 있었다. 그녀는 반라의 몸에 긴 머리카락을 가슴 부근까지 살짝 드리운 채였다. 나는 거의 무의식적으로 손을 뻗어 그녀를 잡으려 했다. 하지만 차가운 엔진에 붙어 버린 손은 떨어지지 않았다. 눈물이 나올 지경이었다. 잠깐 동안 무심히 나를 내려다본 그녀는 뭔가 생각났다는 듯이 앞발로 몇 번 땅을 찼다. 그런 다음 등을 돌려 어둠 속으로 달려가기 시작했다. 풍만한 말의 엉덩이와 힘찬 꼬리의 움직임이 보였다.

그녀가 완전히 어둠과 하나가 될 때쯤 나는 잠에서 깨어났다. 이불이며 베개는 땀에 흥건히 젖어 있었다.

내가 폐차를 발견한 것은 꿈을 꾸고 난 다음 날이었다. 꿈의 여운이 아직 가시지 않았던 나는 큼지막한 우산을 챙겨 들고 동네를 어슬렁거려 보았다. 금세라도 장대비가 쏟아질 것처럼 흐린 날씨였다. 나는 쌀집과 비디오 가게를 지나고 슈퍼를 지난 다음 놀이터까지 걸어가 보았다. 놀이터에서 노는 아이들은 한 명도 보이지 않았다. 대신 놀이터 주위에는 자동차들이 죽 세워져 있었다.

늘어선 차들 중에서 한 대가 폐차였다. 보닛은 찌그러지고 타이어의 바람도 빠져 있었다. 나는 천천히 폐차 쪽으로 걸어가서 안을 살펴보다가 차 문을 열어 보았다. 생각과 달리 차 문은 쉽게 열렸다. 문을 열자마자 안에서 묵은 곰팡이 냄새가 확 풍겼다. 아직 시트까지는 곰팡이가 피지 않았지만 차 밑바닥에 깔아 놓은 덮개에는 곰팡이가 가득했다. 하지만 나는 아랑곳하지 않고 폐차에 올라탔다. 좌석에 앉자마자 편안함이 느껴졌다.

나는 천천히 시트에 등을 기댄 다음 차 문을 닫고서 담배를 한 대 피워 물었다. 그러고는 친구를 생각했다. 만약 폐차 안이 아니었으면 나는 친구에게 연락할 마음이 다시 들지 않았을 것이다. 곰팡이와 녹을 발견한 날 이후 나는 분명히 친구를 피하고 있었다. 하지만 폐차 안에서라면 친구를 자연스럽게 대할 수 있을 것만 같았다. 나는 바지 주머니에서 휴대전화를 꺼내 친구에게 전화를 걸었다.

폐차를 찾아온 친구의 손에는 캔맥주 여섯 개와 오징어 한 마리가 담긴 검은 비닐봉지가 들려 있었다. 내가 옆자리로 옮기자 그는 내가 앉아 있던 자리에 올라탔다. 그러고는 소리 나게 문을 닫았다. 한동안 우리는 말없이 오징어를 뜯고 캔맥주를 마셨다. 차 지붕을 두드리는 소리가 들리더니 앞 유리에 금세 긴 물줄기가 흐르기 시작했다. 장대비였다. 차창을 닫아 놓아서 빗소리는 잘 들리지 않았다. 다만 앞 유리에 부딪치는 비의 세찬 움직임만 볼 수 있을 뿐이었다.

차 안은 약간 습하고 더웠다. 하지만 차창을 열었다간 비가 들이칠 것 같았기에 우리는 그냥 가만히 앉아서 계속 캔맥주를 비웠다. 비가 너무 많이 오는 탓에 차 앞으로 보이는 모든 것들이 흔들리는 것처럼 보였다. 전봇대와 어느 집의 불빛도 흔들렸고 우산을 쓴 채 걸어오는 여자도 흔들렸다.

"엔진은 계속 그 자리에 있어?"

나는 조심스럽게 친구에게 물었다.

"아니. 없애 버렸어."

친구는 짧게 대답하고 나서 다시 맥주를 한 모금 마셨다. 우산을 쓴 여자가 차 옆을 지나갔다. 여자는 잠깐 고개를 돌려 차 안을 살피는 듯하다가 빠르게 걸음을 옮겼다.

"왜?"

언뜻 백미러로 보니 우산을 쓰고 걸어가는 여자는 이미 서만치 멀어져 있었다. 뒷모습이 그의 어머니와 많이 닮았다는 생각이 문득 들었다.

"그냥. 곧 이사 갈 텐데 엔진을 가지고 갈 순 없잖아."

나는 친구의 말에 동의한다는 뜻으로 고개를 끄덕였다.

"이사 가는구나."

나의 말은 어떠한 감정도 실리지 않은 단순한 사실 확인 정도에 불과했다. 어쩌면 이렇게 담담하게 말할 수 있을까. 마치 돌아가며 풀리는 너트가 내는 기계적인 소리 같았다.

"우리 어머니 말이야, 지금 여기 없어."

그는 소리 나게 캔맥주를 구긴 다음 차 바닥에다 버리고 다른 하나를 새로 땄다.

"멀리 가 있어. 아주 멀리."

나는 그의 다음 말을 기다렸지만 그 이상은 아무것도 들을 수 없었다. 나도 캔맥주 하나를 다 비운 다음 그처럼 구겨서 버리고 새것을 땄다. 우리는 서로 침묵을 지켜 가며 맥주를 마셨다. 마지막 캔맥주를 서로 다 비운 다음에야 친구는 다시 입을 뗐다.

"사람은 왜 이렇게 연약할까?"

빗줄기는 점점 강해져 갔다. 주위는 이제 완전히 어두워져서 앞 유리창에 나란히 앉은 우리의 모습이 비쳤다. 그는 손을 뻗어 나의 가슴에 갖다 대었다. 그러고는 눈을 감고 심호흡을 했다. 마치 나의 심장 박동에 자신의 호흡을 맞추려는 듯이 보였다. 그는 잠시 동안 그런 자세로 있다가 말했다.

"아직은 규칙적으로 뛰고 있어. 말이 천천히 트랙을 한 바퀴 도는 것처럼."

얼마 안 가 그와 엔진은 동네에서 사라져 버렸다. 폐차도 없어졌다. 누군가 신고를 해서 견인해 간 모양이었다. 폐차가 서 있던 자리에는 새로운 차가 주차되기 시작했다. 검은색의 잘빠진 샤이어종을 연상시키는 소나타 승용차였다. 내 컴퓨터는 제대로 움직였고 그 이후 불길한 소음 따위는 내지 않았다. 그와 헤어지고 나서 이틀 뒤에 나는 반짝거리는 새 못을 한 뭉치 샀다. 그리고 슈퍼마켓에서 감자와 빵과 치즈도 다시 샀다. 하지만 그때쯤 '마야'는 완전히 말라 죽어 버렸다. 다른 것들과 달리 '마야'는 다시 살 수 없었다. 죽어 버린 말과 똑같은 말을 두 번 다시 탈 수 없듯이.

나는 다시금 브라운관 속에서 죽어 가던 말을 떠올리며 벽에 기대어 간간이 창밖을 바라보았다. 하늘은 잔뜩 먹구름으로 뒤덮여 있었다. 구름은 그 속에 번쩍거리는 번개 몇 개를 품고 있다고 해도 어색하지 않을 정도로 어두웠다. 습하고 무더운 날씨가 이어졌다. 나는 몰려오기 시작하는 먹구름을 향해 담배 연기를 날려 보냈다. 내가 내뿜은 담배 연기의 무게만큼 구름은 더 무거워질 터였다.

골목길 여기저기에는 다가오는 먹구름을 환송하기 위해 도열한 병사들처럼 전봇대들이 서 있었다. 전봇대를 중심으로 전깃줄들은 사방으로 뻗어 나가 지붕 위를 지났다. 지저분하면서도 복잡한 전깃줄들은 찢어진 거미줄이 너덜거리는 모습을 연상시켰다. 전봇대의 몸에 붙어 있는 광고지가 다가올 비를 예상하며 불안하게 흔들렸다. 나는 다시 고개를 죽 내밀고 아래를 내려다보았다. 여전히 담쟁이덩굴처럼 도시 가스관들이 벽을 타고 오르고 있었다. 지하에도 수많은 관들과 줄들이 혈관들처럼 얼기설기 엮여 있을 것이다. 그런 의미에서 도시는 하나의 생명체처럼 보였다.

다시 머리가 지끈거렸지만 나는 눕고 싶지는 않았다. 대신 창밖을 살피며 혹시 말 한 마리가 걸어오지는 않을지 기다렸다. 그 말은 심장 대신 자동차 엔진을 달고, 근육과 힘줄 대신 파이프와 전기선을 연결했을 터였다. 절대로 쓰러지는 법이 없는 강인한 말을 계속 기다렸건만 여전히 말의 울음소리는 들리지 않았다. 도로를 질주하는 자동차의 타이어 소리만이 계속해서 들려왔을 뿐이다.

뒷이야기 ― 오래된 기계

　만약 당신이 여기까지 읽은 독자라면 나는 진심으로 당신에게 고마움을 표하고 싶다. 그게 아니라 만약 여기서부터 읽은 독자라면 나는 당신에게 친근감을 느끼고 반가움을 표해야 할 것이다. 왜냐하면 나 역시 책의 끝부분에 있는 작가의 말을 먼저 읽는 버릇이 있기 때문이다.

　이 책은 2020년도 아르코문학창작기금 지원 사업에 선정되어 발간된 작품집이다. 만약 이 사업에 선정되지 않았다면 게으른 내가 언제쯤 이 책을 마무리 지었을지 알 수 없다. 심지어 이 책도 부랴부랴 지원 사업이 끝나기 전에 묶어 냈으니 태만이 심한 게 분명하다. 하지만 여기에 실린 작품들을 쓸 때만큼은 나름 열심히 쓰려 노력했다. 문제는 쓰기 전까지 시간이 너무 오래 걸린다는 사실이다. 한번 예열이 되면 잘 돌아가지만 그러기까지는 시간이 다소 오래 걸리는 고물 기계와 비슷하다.

깊이를 알 수 없는 지층을 파고 있는 이 기계는 여태껏 함부로 쓴 것에 비하면 다행히 아직까지는 잘 돌아가고 있다. 다만 가끔 비가 오면 엉뚱한 상상을 하느라 오작동을 하고 밤에도 깨어나 이것저것을 사부작거리는 게 흠이다. 한때 이 기계는 겨울을 좋아해서 해마다 12월이면 효율이 좋았는데 요즘은 추위에 약해진 탓에 여름에 작업 결과물이 더 좋아지는 추세다. 기계에 투입되는 주원료는 책과 카페인, 그리고 알코올이다.

여기에 묶은 여러 작품은 여러 나이 대에 걸쳐 쓴 것들이다. 20대 때의 나부터 지금의 내 모습까지 담겨 있다. 그러다 보니 부드럽고 말랑말랑한 지층부터 다소 무미건조하고 딱딱한 지층까지 층층이 쌓여 있다. 다만 일반적으로는 표토로 갈수록 부드러워지고 심토일수록 딱딱하겠지만 이 기계가 고집스럽게 파고 있는 '나'라는 지층은 정반대라는 게 다른 점이다. 원고를 다시 읽고 고치면서 과거의 내가 지금의 나에 비해 여러모로 부족하지만 조금은 더 말랑말랑했음을 알 수 있었다. 하지만 시간이 지날수록 내가 뻣뻣해지는 것은 어쩔 수 없다. 그러다가 완전히 몸이 굳으면 이 오래된 기계도 마침내 정지한 채 차갑게 식어 갈 게 분명하다. 그때까지는 열심히 실린더를 움직이고 크랭크축을 회전시켜 가며 무언가를 만들어 내려 툴툴거릴 작정이다.

이 책을 묶으며 힘들기만 했던 것은 물론 아니다. 내 속을 파고들어 갈수록 아주 오래전에 고물 기계에서 빠져나와 지층에 묻혀 있던 이런저런 부품들을 찾아낼 수 있었다. 운이 좋을 때는 잃어버렸던 정말 소중한 부품을 찾아서 신기해하기도 하고(하지만 오래된 이 기계에 다시 끼워 넣을 수는 없었다) 가끔은 고물 기계에 이런 부품이 달려 있었나 싶은 것들도 발견되었다. 그렇게 부품들을 하나하나 발견하는 심정으로 원고를 정리하고 고쳐 나갔다.

　이 책을 내고 나면 오래된 기계는 다시금 주원료를 넣어가며 새롭고도 쓸모없을 또 무언가를 파내려고 털털거릴 것이다. 그렇게 파낸 무언가로 빚은 것이 누군가의 마음에 들어 책장 구석 어디쯤에 자리를 잡아 볼품없지만 가끔씩은 들여다보고 싶은 장신구가 되었으면 좋겠다. 나아가 얼핏 보면 장신구의 속이 비어 있지만 유심히 주의를 기울이면 들을 수 있는 어떤 소리가 담겨 있기를 바란다.